investment | 金融投资理财

JIM CRAMER'S
MAD MONEY

克拉默投资真经 II

［美］詹姆斯·克拉默　克里夫·梅森◎著

司徒爱勤◎译

中信出版社
CHINA CITIC PRESS

图书在版编目（CIP）数据

克拉默投资真经II ／（美）克拉默（Cramer, J. J.），（美）梅森（C. Mason）著；司徒爱勤译.
—北京：中信出版社，2010.12
书名原文：Jim Cramer's Mad Money
ISBN 978–7–5086–2484–6

I. 克… II. ① 克… ② 梅… ③ 司… III. 股票－证券投资－经验－美国 IV. F837.125

中国版本图书馆 CIP 数据核字（2010）第 213489 号

克拉默投资真经II
KELAMO TOUZI ZHENJING II

著　　者：[美] 詹姆斯·克拉默　克里夫·梅森
译　　者：司徒爱勤
策划推广：中信出版社（China CITIC Press）
出版发行：中信出版集团股份有限公司 (北京市朝阳区惠新东街甲4号富盛大厦2座　邮编　100029)
　　　　　（CITIC Publishing Group）
承 印 者：北京诚信伟业印刷有限公司
开　　本：787mm×1092mm　1/16　　印　　张：13.25　字　　数：193千字
版　　次：2010 年 12 月第 1 版　　印　　次：2010 年 12 月第 1 次印刷
京权图字：01–2010–7084
书　　号：ISBN 978–7–5086–2484–6/ F · 2164
定　　价：32.00 元

献给我们各自的母亲，

露易丝·克拉默和南·克拉默·梅森

投资赚钱虽然并不容易，但也不是不可能，我毕生的追求就是让你更容易地赚到钱。我要帮助普通人赚到足以支付抵押贷款或者大学学费的钱，甚至，如果真止做得好的话，购买游艇也是可能的。在投资中，选择正确的股票是最困难的操作之一。在每天晚间的《疯狂的金钱》节目中，我都在努力帮助你降低这方面的难度，如果你看了这个节目，我就可以告诉你哪些是好股票，我可以帮助你了解市场的走向。在我的上一本书《克拉默投资真经》中，我向读者提供了我从事基金经理行业多年所积累的经验教训与见解。自从我写了《克拉默投资真经》一书之后，我就发现，作为一个普通投资者真是越来越难了。我们生活在一个变化越来越多、经济一体化程度越来越高的世界中，如果想作出明智的投资决定，必须要花费大气力了解各种因素。而在《克拉默投资真经2》中，我将向你展示如何在错综复杂、变化频仍的全球经济中赚到钱；同时我还会告诉你，我在一年多的时间中通过每天制作这个节目所总结出来的关于投资的教训。我希望，《克拉默投资真经2》这本书，可以让你的物质生活更富足，当然最好也能够让你的精神生活更丰富。

我要帮助你利用我在《克拉默投资真经2》一书中提供的建议，告诉你如何将这些建议变成口袋里的钱，这就是我的目标：帮助所有人致富。要赚钱，你就要借助正确的方法，遵循正确的规则。

本书中的大量市场建议都来自于我20年的从业经验，是我胜利的结晶。本书是《克拉默投资真经》的续集。在《克拉默投资真经》中，我的目标是帮助个人投资者在股市中赚钱。我是在参与《疯狂的金钱》节目之前写下那本书的，但是在过去一年半的时间中，事情发生了变化。在制作节目的头一年，我获益良多，甚至可以说这一年的收获要超过操作对冲基金5年的收获。现在，我对股票有了新的感悟，说起来很简单，即根本不存在所谓的"市场"，当人们在谈论"市场"时，他们实际说的是那一小撮大型机构：对冲基金和共同基金。市场中大量的金钱都在这些机构的控制之中，因此它们才是股票价格的决定者，大型机构的出价意愿就是股票的价值。本书的目的就是要帮助像你这样的个人投资者了解这些大型机构的手法，从而帮助你在这场由它们主导的游戏中击败它们。在本书中，我将告诉你如何根据我的新理念获得最大的收益，也将与你分享我在写了《克拉默投资真经》之后所获得的经验教训。市场已经变了，我的这些新规则会帮助你借鉴我最新的股市体验，进而帮助你应对更加难以把握的股票市场。

不错，有时候为了让大家听从我的话，我不得不自吹自擂一番，我有着多方面的才能：我精于选择股票，在投资上非常成功。为了不让大家认为我是个自大狂，我也公布一下自己的缺点：我一点也不体贴入微，玩大富翁游戏也很不灵光。不过，我知道如何在市场中赚钱，我想帮助你尽可能多地赚钱。我这样做不是为了出名，也不是为了获得报酬，因为我赚到的钱已经足以保证我安逸地生活，我说的是一个贪婪的资本家所要的那种安逸生活。我需要做的事是使你更加富有，我不知道自己为什么要这样，我的善行可能是源于无处不在的负罪感，也可能仅仅因为我是一个好人。实际上这个问题并不重要，重要的是，如果你想赚到我想要你赚到的钱，那么有很多事要做。

回溯到2004年年末，当我们开始筹划制作《疯狂的金钱》这个节目时，我心中已经有了一个计划。关于股票，人们需要的是可靠、诚实的建议，但是来自这个那个经纪机构的研究结果总是让人无所适从。这些经纪机构的名誉大多都有污点，他们几乎都曾因与客户串通受到过严厉惩罚，因而声名狼藉。所有商业媒体同其他领域的媒体存在一样的问题，它们不选择阵营，不表达看法，甚至不对所获信息的真伪进行甄别。没有人会自己将脖子放在断头台上，他们总是陈词滥调地发表虚假的分析，听众最终总是一无所获。记者仅仅公布新闻，除非你自己懂得分析和利用这些新闻，否则不会因了解新闻而赚到一分钱。这就是《疯狂的金钱》节目诞生的缘由，我想要做一些别人未曾做过的事情，为大家提供更多的帮助。

我的目标是使成千上万甚至数以百万计的人能够通过投资股票至少赚到一些零花钱。

我在电视上的形象可能是一个彻头彻尾的疯子，实际上我在家中也是一个精神错乱的家伙，但是，在操作股票时，我的信条是缜密思考、有条不紊，而不是疯狂。我的方法中没有一丝疯狂的成分。若你想在看完《克拉默投资真经2》一书后有所收获并赚到钱，那么你必须理解我的方法，你必须知道你在看什么，判断出哪些言论重要，哪些不重要。

这本书就是通过这种方式为你赚钱的。我的上一本书《克拉默投资真经》针对在市场中赚钱的战略提供了许多极好的建议，但这些建议是通用的，并没有最新的、即时性的内容，而本书则提供了详细的、可以立竿见影地将钱收入囊中的途径。

我希望本书能够引导你细致地研究我推荐的股票，虽然我很希望我能够托着银盘把钱送到你的手边，但实际上我做不到；我希望钱能够从树上长出来，但实际上只有勤奋工作才能赚到钱。我可以提供极佳的建议，但若要把这些建议变成我们想得到的金钱，你自己也需要做一些功课。因此，在本书中，我将告诉你如何做功课，如何根据自己的年龄和个性来判断什么样的股票适合你，什么样的股票应避而远之。我希望从头到尾地指导你如何购买股票，以及在何时、何地、以什么方式卖出股票。实际上，知道如何正确买入和卖出股票同知道如何选择股票一样重要。我希望能够向你详细地解释我在电视节目中提到的一些较为复杂的概念和想法，因为要在股票市场中有所作为，知道如何"解码"华尔街的"胡言乱语"以及克拉默的"胡言乱语"，都是大有裨益的。

我之所以写这本书，是因为我想要让你感觉到我仿佛就坐在你身边，一步步地指导你贯彻我所给出的通用的建议。但是实际上，我想通过本书达到的目的并不仅仅是让你按照我的指令行动，而是为了教会你。制作《疯狂的金钱》节目对我来说是一次学习的过程，在缜密地分析了我的成功和失败的基础上，我总结出了20条新的投资规则。这些规则告诉你如何在由大型对冲基金和共同基金主导的市场中进行投资，它们是新的准则，能够使你预见到这些大型机构的行为。如果你能做到这一点，你就能赚到钱。我提出这些新规则并不是否定《克拉默投资真经》中提出的规则，那些规则仍然是有效的，只是世界发生了变化，我的20条新规则是对《克拉默投资真经》的补充，而不是取代它们。

但这还不够。若要最大限度借助《克拉默投资真经2》一书获得收益，你需要了解我的运作方式。每天晚上，我都会在电视节目的"闪电问答"时段回答数十个电话的提问，观众打电话问我对他们的股票的看法，我事先并不知道他们要问的是哪些股票，但我仍然能够给出令他们满意的建议。在本书中，我将毫无保留地向你们展示我是如何在只有5秒或10秒思考时间的情况下告诉人们是买入还是卖出的，我将公布"闪电问答"的所有秘密以及我所使用的所有技巧。不仅如此，我甚至还会向你展示如何进行你自己的"闪电问答"——不是为了在朋友面前炫耀，而是因为培养"闪电问答"能力是磨砺你的选股能力和投资技巧的最佳途径，是锻炼股市操作能力的过程。

几乎每天晚上我都会在节目中采访一位首席执行官或首席财务官，许多人都对此类高管访谈不以为然，认为从这些访谈中什么都得不到。在本书中，我将告诉你如何对待这些访谈，因为这些访谈都是用途极大的财富，只是这些财富需要你自己去学习如何利用。

在第二章的章末，我提供了一个股票工作表，这个工作表可以帮助你记录持有一只股票所需要采取的所有步骤。这个工作表是一个模板，是一种组织思维的方法，你可以凭借它来执行我在本书第一部分给出的关于买入和卖出股票的方法。你不一定非得使用这个工作表，但如果它有帮助，哪怕只有一点点，为什么不用呢？

我会不遗余力地想方设法帮助你变得更富有，如果你曾经看过我的节目，你就会了解这一点。我无法阻止自己，我对帮助你赚钱已经上瘾。我可以像休·海夫纳（Hugh Hefner）①那样整天待在乡村俱乐部，始终穿着睡衣，但是我没有那样做。我在写这本《克拉默投资真经2》，因为我迫切地想帮助你变得富有。我希望你能够喜欢这本书，我希望它能够帮助你获得房子或者汽车，或者，让我们把野心放大一点，希望它能够帮助你买一艘游艇。

---

① 《花花公子》杂志创办人。——编者注

第一章
了解自己，明确目标

让我们直奔主题吧。

如果你想充分利用《克拉默投资真经2》一书的价值，我说的不是文学价值或者娱乐价值，那么就需要清楚地知道你是谁，你处于人生的哪个阶段，你所追求的是什么。我不希望这本书变成一本自助手册，我自己也绝不想成为一个投资建议博士。但是，如果你不知道自己最需要、最想要的是什么（如果你在这方面需要帮助，我可以提示你），那么进行投资就会变得非常艰难，《克拉默投资真经2》即使是灵丹妙药，对你也是毫无用处。

当我在节目中推荐股票的时候，我并没有时间去考虑哪种类型的人应该持有什么股票。即使我有时间这么做，美国全国广播公司财经频道的法务部门也会阻止我给出过于具体化的投资建议。因此我在本书中不吝篇幅地帮助你了解自己究竟想要做哪种投资者。当你看书的时候，你头脑中产生的看法不仅可以帮助你赚钱，而且使你能够衡量自己的得失成败。我举一个简单的例子。如果我认为有一只股票的价格在未来的18个月内能够翻一番，并因此建议你购买，而你的想法则是进行一些短线交易，获得一些虽然幅度小但是来得快的收益，那么你就不应该买入我推荐的那只股票，因为这只股票不会让你获得你所向往的东西；而如果你的目标落空，你就会发来电邮抱怨我的推荐不灵。因此，让我们现在就设定目标，虽然目的只有一个，那就是让你赚到零花钱，但是实现目标的方法却有很多种，而且零花钱对于25岁、50岁和75岁的人来说意义完全不同。我希望你能辨清自己属于哪一类人。也许你认为作出这个判断非常简单，你十分清楚自己的目标和财务状况，但小心总无大错。

许多人在市场上努力赚钱的时候都没有意识到自己的投资者身份，一些人自认为做到了这一点。我本人曾经无数次地犯过这一错误，因此我一定要使你避免犯这个错误。在尝试采纳我的建议之前，你需要问自己几个问题。

首先，也是最重要的，要问"你今年多大"。我曾在节目中推荐Conexant（CNXT），这是一家生产电视机顶盒部件的公司，当我第一次看好它的时候，它还债务缠身，是一只不到两美元的投机股，我完全可以不必向你推荐它。后来的实践证明，Conexant可以使一些人在短时间赚到大钱。2005年9月19日，我推荐该股票时，它的股价仅为每股1.63美元，但是4个月后，在2006年1月19日，它收盘于每股3.34美元。不过，即使上次我的预测十分准确，我也认为它不是应该投入退休金储蓄的那只股票。我不会建议60岁的人买入这样的股票，除非他闲钱太多，根本不怕输。

有些人可能会说，钱就是钱，如果Conexant这样的股票能够带来那样的收益，那么和我的年龄有什么关系？在大多数事情上，我都是平等主义者，认为人在所有重要的和基本的方面，都是一样的，但是如果涉及到钱，我们必须接受一些令人沮丧的现实。我们在经济能力上并不平等，而且，不同股票的风险性也不相同。年轻人在投资方面的风险承受能力要远远强于中年人和老年人，虽然50多岁的我对此并不服气，但我必须承认现实。只要涉及到钱，就完全没有必要隐瞒自己的年龄了。并不是年轻人更善于管理风险，实际上年轻的投资者在管理风险方面的经验通常要远逊于年长者，但在现实中，经验最少的年轻人在投资方面却拥有最大的自由度，虽然这看起来并不合理，但据我所知，这的确是投资方面的金科玉律。

年轻人敢于拿自己的钱冒险，是因为他们更能承受失去这些钱的风险。如果你有更多的时间来赚回自己损失的金钱，那么你就可以承担更大的风险。Conexant这样的高风险股票对刚刚走出校门的年轻人来说是最合适的。我能够为你诚恳地提供好的建议，这一点你不必心存疑虑，但是我也有看错的时候，在这种情况下，如果你照我说的做了，你就可能会赔钱。如果我是你，那么我宁愿在刚刚大学毕业的时候赔钱，因为我有大把的时间把损失的钱赚回来，而不是选择在退休以后使用赖以支付租金、医药费、食品或者游艇燃料的钱来进行冒险。这就是我在"重返校园"巡讲时向大学生们推荐风险最大的股票的原因。并不是说人年龄越大就越赚不到钱，而是说你应该更加关注我的保守性选股建议，而不是将注意力都集中在那些诱人的投机股上。

你今年多大？这是决定你如何投资的首要问题。这个问题无疑很唐突，不过赚钱本身可能就需要直截了当。说实在的，接下来这第二个问题或许更令人反感，它包括两方面：你有多少银行存款？你的收入是多少？我不止一次告诉过大家，绝不要将20%以上的闲钱用来购买投机股，闲钱是指你不打算用来养老的钱。因为所谓投机股就是一些风险程度很高的股票，既可以让你赚得盆满钵满，也可以让你赔得血本无归。这是多年来我一直恪守的原则，因为我这个人就是喜欢规矩和秩序。不过话说回来，如果你真的很有钱或者刚刚发了一笔横财，那么你就可以将投资收入的一半甚至全部都用来进行投机。当然，我不会推荐你这么做，我觉得这样不明智——你得承担"蚀掉本钱之后从头再来"的风险。不过说到这里，我又想起了一个听起来让人很不爽但又不得不承认的事实，那就是，"越有钱，就越不会为钱而烦心"。这是明摆着的事儿，所以谁也不愿意别人对自己说：你赚的钱还不足以去承担真正的市场风险。

对真正富有的人来说，绝不会把损失一些钱当回事儿，所以有钱人在进行投资时比一般人更敢于冒险。尽管投资可能会给你带来财富，但是如果你经济实力不够的话，承担过多的风险就显得不够理智了。

如果你还没有足够的钱去投资，并且也已经快退休了，那就不要将钱投到风险领域。我总是鼓励人们投资风险较大的股票，不过那只是针对那些有足够的时间或金钱来承担风险的人而言。我愿意帮你实现致富梦想，但是我也恪守着自己的希波克拉底誓言①；况且帮助你致富的第一步就是防止你变得贫困。无论处于哪个年龄段，你都可以通过投资股票来赚钱，

---

① 希波克拉底是公元前5～前4世纪希腊著名的医生，被西方誉为"医学之父"。希波克拉底誓言，俗称医师誓词，是流传2 000多年的确定医生对病人、对社会的责任及医生行为规范的誓言。直到今日，在很多国家，很多医生就业时还必须按此誓言宣誓。——译者注

即便只投入很少的钱。但是你得根据你的实际年龄和银行的存款数目来采取不同的投资策略。至于得先拥有多少钱才能投资股票，我的意见始终是：你应当至少有1万美元的闲钱，这笔钱和养老金应当是分开的。当然，你也可以用5 000美元，或者更少的钱来达到赚钱的目的，但是一旦回报过低，即便现在的手续费很少，那也会侵蚀掉你的利润，而且最终获得的收益与为"战胜市场"所付出的努力根本不成比例。

我们已经讨论了关于年龄和银行存款的话题——这是两个既无趣又不太礼貌的话题。但是即便这个话题很有趣，赚钱依然是一场严肃的竞赛。作为一个严肃的投资者，你还需要了解两件关于你自己的事情。首先，你需要了解自己的脾气秉性。对任何人而言，要想在股市上赚钱，保持一定程度的冷静是必需的。直到现在，我所碰到的那些在股市上赚钱的人，都能够保持从容和镇静。第二，当股市低迷时，必须要远离股市，因为有时你会赔钱。有些人天生就喜欢冒险，但是有些人还是比较保守的。虽然我在电视上可能显得比较激进，但实际上我是个相当保守的投资者。我不想看到你对自己撒谎——我知道这听上去像是新时代的陈词滥调，但是请耐心听下去，因为我保证这能让你实现致富的梦想。有许多投资股市的人，总是想冒一些自己承担不起的风险；这是由于我们置身于崇尚冒险精神的文化中。我们喜欢牛仔，即便在过去的15年间，美国没有出品过几部像样的西部片，但我们崇尚冒险的精神依然存在。

在这里我想说，如果你在做一件事情的时候感到忧虑，你就体会不到乐趣，就没有足够的动力去做，从而就意味着你很难赚到钱。所以，如果你不是一位能够承担高风险的人，我恳请你还是忘记那些投机股吧。其实，购买那些实力雄厚、经营稳健的大型企业的股票，并获得分红，并没有什么不好。采用这种方式你能赚到大把钞票，而且不必因为担心风险而整天抓着自己的头发提心吊胆。在这里我顺便谈一下自己的个人感受：我在运作对冲基金时，承担的风险往往要超过自己所能从容面对的程度。如果我的性格能像西部片中那些强悍的牛仔枪手，或许我的头发会比现在多一些。

上面我们讨论了年龄、收入和性格。在向你推荐股票之前，我还想问最后一个问题：你在选择一只股票时最看重什么？这个问题其实很简单——你是愿意作长线投资，或是准备让你的股票在一年后给你带来收益，还是追逐那些下个星期就能赚钱的短线交易？在这里，我会尽力推荐给每个人他们想要的投资品种。如果你想进行交易，那么你需要更多可自由支配的时间。买入一只股票然后长期持有的方式我不太赞同。如果你看过我的节目，那么对于你持有的每只股票，你都要每周至少抽出一个小时的时间来完成家庭作业。但是如果你真的想对我推荐的一些股票进行操作，那么你就要付出更多的精力。你设定的投资回报期越短，就越需要在家庭作业上投入更多的时间和精力。

我已经向大家介绍过高风险的投机股，但是除此之外，还有三种类型的股票值得你持有。我希望把它们介绍给你，这样你就能够很轻松地识别出各只股票的类型，并选择最适合你的投资品种。与让你赔钱的垃圾股不同，这三类好股票分别是：高成长型股票、持续成长型股票和价值股。我将尽可能把我推荐的每只股票都归入上述三类中的某个类别。

高成长型股票，顾名思义，是具有很高成长性的股票，不过它还有一些其他特点。高成长型股票是这三类非投机股中风险最高的。就几乎所有与钱相关的事物而言，高风险就意味着高回报。高成长型股票会让你赚很多钱，因为华尔街的基金经理就是为股票业绩增长而活的，而且他们崇尚任何真正实现高增长的公司的股票。我所谓的高增长，是指公司收益每年按照20%或更高的比例增长。只要这些股票持续上涨，你就赚钱了，可这并不是说你就可以高枕无忧了。如果高成长型股票没有达到增长预期，如果华尔街因为该公司的报告收益不尽如人意或业绩增长低于预期而感到失望的话，即使是星巴克和全食超市这样成功的特许经营企业能摆脱困境，该股票的股价也会大幅下挫。每只高成长型股票迟早都会出现这样的情况，因为公司只能增长到这么大，而且公司规模越大，增长越困难。我妹妹的公公曾是个喷洒杀虫剂的飞行员，他过去经常说有两种飞行员：一种是已坠机的，一种是将要坠机的。高成长型股票也一样。

不过别理解错了——其实只要自己做点功课，你就可以避免高成长型股票带来的惨重损失。但它比持续成长型股票和价值股风险高一些。当你尝试制定适合自己的投资组合时，需要考虑到这一点。因为持续成长型股票风险低一些，当然钱也就赚得少一些。但它们有其他优点可以弥补上涨少的弱势。这里我其实要谈的是百事和通用磨坊这类股票。持续成长型股票支付股息，我喜欢股息。你除了持有股票别的什么都不用做，就会有公司付给你钱，还有什么比这个更好吗？我知道，当我写百事支付2%的股息、通用磨坊支付2.7%的股息时，那些敢于冒险的人会嗤之以鼻。我承认，钱并不多。但是如果你的目标是从股市中获利7%~10%，这个收益目标对保守型甚至冒险型的投资组合而言都不是容易实现的，而公司支付的股息无疑有助于实现这一目标。而且，持续成长型股票对股票持有人非常有益，它们不仅支付股息，还会回购股票。这对你有两点好处：第一，这些公司减少股数，提高每股收益使你的股份更有价值。这也是公司回购的原因；第二，回购的好处是当人们，包括这只股票所属的公司，都大量购买这只股票时，由于回购使供应吃紧，股票价格上涨。而在行情不好没有人想买股票时，公司通过回购作为自动购买者可以抑制股票跌得过于惨重。你可以把它理解为缓冲垫或是降落伞效应，它使你在股市低迷时也不至于过于灰心。

价值股是我要介绍的第三类股票，它是值得持有的最保守的股票。所有的价值股都很便宜，但并不是所有便宜的股票都有价值。实际上，我们不该说价值股便宜，我们该说价值股不贵，属于低价格的股票。垃圾股也便宜。买到好的价值股，你得到的是没有合理依据就低价出售的优良商品，而不是由于确实不值钱而需低价处理的劣质商品。价值股通常支付高收益的股息，不是因为公司有钱没处花，而是因为价值股的股价之低使平常看来不过略高的股息显得数额惊人。也不是所有的价值股都支付股息。有些未能支付股息的公司是由于其基础资产价值被错误地低估。后面我会详细讲到估价，现在只是想让你对不同种类的股票有个初步认识。价值股的下跌通常都是有因可循的，或者是因为该公司或公司所在行业出了问题，或者是出于非理性的市场因素。如果你打算买价值股，你就希望确保它们肯定会上涨。价值股投资者比成长型股票投资者的持股时间更长，但这个时间也不是无限长的。我不推荐购买价值股，除非我能解释它们为什么会上涨。而且，除非你能向对股市一无所知的朋友解释清楚一只股票上涨的理由，否则你绝对不应该去买这只股票。

沃尔特工业公司就是一个很好的价值股的例子，不过还是请你注意，在我写这本书时它是价值股，可能当你读这本书时它有可能就不是价值股了。2006年6月23日我在《疯狂的金钱》节目中谈起过这只股票。那时候，沃尔特属于价值股是由于其市场价值与其实际拥有的资产价值之间存在巨大差异。沃尔特是一个价值20亿美元且拥有许多不同业务的公司。它生产用来炼钢的优质煤炭，拥有房地产业务，还持有8 550万股水产业巨头穆勒集团的股票。当我23日推荐沃尔特时，它拥有的穆勒集团的股票价值13亿美元。这就是说，市场对沃尔特的煤炭业务和房地产业务的估值仅为7亿美元，这简直是太低了。2006年5月，股市大跌，沃尔特股价遭到严重打压，所以它的股票才很便宜。我在48.39美元的价位时推荐了这只股票，但即使在它跌到这个价位之前也是很便宜的。当我在节目中谈到沃尔特时，它的交易价格不到其2006年每股预期赢利的9倍。但即便如此，预计其赢利还将有20%的增长。当时该只股票的市盈率为8.8，PEG（市盈率／每股收益增长率）只有0.44（稍后我会谈到你该对股票做些什么功课，到时候我会更加详细地解释这些术语）。现在请相信我，基于公司的资产价值和增长率指标来看前面提到的两个数字，这只股票并不贵，而好的价值股就是这样产生的，如果它再下跌，那就是天上掉下来的馅饼了。

不能同时持有投机股、高成长型股票、持续成长型股票和价值股这一观点是毫无根据的。这个游戏的名称就叫分散风险——你应该考虑持有不同种类的股票。但是根据之前我们谈到的一些因素，即年龄、财富和性格，你可能希望买入的每类股票的数量可能会有些差别。如果你是保守型投资者，你可能想多买入一些价值股和持续成长型股票，少配置一些高成长型股票，可能一点投机股都不想要。但是如果你很年轻，还喜欢高空跳伞，你会希望持有投机股和高成长型股票，但你仍应该买一些持续成长型股票和价值股，只不过是数量上要比不愿承担风险的投资者少一些。

你已经好好了解了自己一番，包括年龄、资产、与生俱来的脾气秉性，以及基于以上三点你所设立的投资目标。现在你可以坐下来安心地开始看《克拉默投资真经2》，再试着把我的建议转化为股市的真金白银。如果你了解自己，你就会知道哪只股票适合你。如果你想买我所推荐的股票，我会非常感激。如果你按照我规定的标准操作程序来研究股票、买入股票和卖出股票，我想你的钱包也会感激你的行为。

JIM CRAMER'S
MAD MONEY

第二章
做好股票功课

如果真有什么事能让我暴跳如雷的，那就是：进了酒吧没一个人认出我，尽管我主持着全国性电视节目。但如果让我说两件让我疯狂的事情，第二件就一定是：我在节目中一提起某只股票，有些不动脑筋的人就立刻跑去进行盘后交易，下达市价委托指令买进，而不是按照我所要求的那样去进行限价委托。那个做事不动脑筋的家伙将会赔很多钱，而我的本意是让你赚钱，而不是赔钱。

我想让这种事情永远都不发生。我要把克拉默的恐惧传给你。如果我推荐股票后，你还是希望即刻就在盘后交易中买进股票，记住一点：没有几千也有几百专业交易员正虎视眈眈地准备把你撕成碎片，疯抢你的钱呢。他们专门坐等像你这样的人去下达市价委托指令来购买股票。这些家伙会卖空这只股票给你。卖空就是你把借入的股票卖给别人，然后——如果你做对的话——再以更低的价格买回来，以获取卖出价和买回价之间的差价。为了说明白点儿，我举个简单的例子。因为卖空是那种理论上解释起来很复杂，但实际运作很简单的事情。我想揭穿华尔街所有那些胡言乱语，所以我不想只一笔带过，而不把事情对你讲清楚，在这一点上，我是不会违反自己的原则的。

比如说我就是一个卖空的人，这些豺狼就盼着你走错一步，他们好抢你的钱。我到底是如何进行操作的呢？假设我正在卖空沃尼奇这只股票，这是一个网络电话公司。我断定沃尼奇会下跌，但并不说明原因何在，而这正是你需要知道的。如果我是管理着我的对冲基金，为了卖空沃尼奇，我会打电话给我的经纪人，告诉他我要以每股15美元的价格卖空100股沃尼奇。我的经纪人就会借入这些股票。不用担心他找谁借，大投资银行坐拥大把股票，他们会借给卖空的人。因此他为我借入股票，然后以每股15美元的价格卖出去。现在我从这次股票卖出中获得1 500美元。然后我就等着沃尼奇下跌，假设它下跌到10美元（因为沃尼奇上市以来表现实在是差劲），之后我为我的空头股票"补仓"。这意味着我花1 000美元，因为现在的股价是10美元，就买回了我一开始借入的100股沃尼奇。把股票还给借股票给经纪人的人，我还剩余500美元。我卖空股票的利润来自差价，是借股票后的卖价和我"补仓"——买回我一开始借入的股票——所付的金额之间的差价。我以每股15美元的高价卖出沃尼奇，再以10美元的低价买回来。把卖空想象成正常投资的逆向操作可能有助于理解——高卖低买。

我们已经了解了卖空是如何操作的，现在我来告诉你，如果你不听从我的建议，执意要在收盘后买入股票的话，会遭受怎样的损失。当你想要在收盘后买入股票时，因为所有的交易所都闭市了，市场上只有很少的股票。只有想害你的卖空者才会卖股票给你，而他们的卖价就算是黑手党听了都会退缩。

他们能够走运以那样的高价卖给你股票是因为你采用了市价委托指令，而市价委托指令使一心想赚取你佣金的经纪人能够接受任何价格。由于那些卖给你股票的人是借来股票卖给你的，他们的空头头寸（即借来的股票）便成为收盘后唯一的股票来源。他们关注股市行情，等待这只股票价格上涨，然后在收盘后以极高的价格向你出售。第二天上午大约10点到11点，这只股票价格开始下跌，这时你正为以如此高的价格买入股票而灰心丧气，并抛出了该股票，而他们却通过低价买回并归还借来的股票，使其空头头寸得到回补。这样，他们赚了钱而你却亏了本。我不想让你在盘后交易期间购买股票，不想让你再使用市价委托指令，不想你成为这些人的牺牲品。在本书中，我将竭尽全力使你不被那些贪婪之徒榨取得一文不名——这些人正等着那些毫无防备的投资者犯下致命的错误，这样他们便能赚得盆满钵满。

好在情况还没有那么糟糕，因为你们中的大多数都是聪明人，并不会在我推荐股票之后就不假思索地接受。我要详细告诉你，在我推荐一只股票之后的24小时内，你应该做些什么。如果人们不能充分利用我在节目中推荐的股票，我也只得收起行囊，退出节目。再次声明，这里我要说的是，如果你不知道在有了我的推荐之后该怎样具体操作，如果你没有准备好以最佳方式来执行我所建议的交易，你赚钱将困难得多，而使你赚钱是这个游戏的目的。

现在，既然你已经准备好对我推荐的股票进行分类，并找出适合你的风险剖面①的股票，我们就可以去市场上按克拉默提供的内幕消息（tip）购买股票，是这样吗？

不！如果这样做你就犯了一个大错。首先，我在节目中没有给出股票的内幕消息。不要相信内幕消息是《克拉默投资真经》中关于交易的第五条戒律——"tip"是给服务员的。②内幕消息要么是无意义、无用的，要么是非法的。我提供的是分析。我重点谈论的是我认为优质的、能够使你赚钱的股票。但你要知道，我怎样认为并不重要，重要的是你怎样认为。《疯狂的金钱》只是一个工具，它是使你成为更成功的投资者、使你赚更多钱的桥梁。但我不是与股票相关的所有事情的最高仲裁者，你也不能认为我的节目一直是100%正确。我说过我将告诉你在看过本节目后24小时内应该做什么，这正是我马上要做的事。

当我在节目中推荐的一只股票引起了你的注意，你也认为它能使你赚钱，那有件事你在看完节目后的24小时之内绝对不能做，除非你确实有一些闲暇和大量精力。在我告诉你购买某只股票后的第一天，即使你喜欢它也绝对不能购买它。这是我新创的一条规则。忘掉盘后交易，我甚至第二天也不想让你去买它。我提出这样的要求有许多原因。

首先，正如华尔街一家大型研究公司提升对股票的评级会引发对这只股票的追捧一样，许多人在我推荐股票之后立即抢着去买——这两种现象没有什么差别。当有众多买方时，简单的经济学告诉我们，这只股票价格将上涨。人们将这种现象称为"克拉默效应"，但这对我来说没什么特别，

---

① 风险剖面（risk profile）是指对个体而言各类风险的重要程度。——译者注
② "内幕消息"和"小费"的英文都是tip。——译者注

也不是一件多么有趣的事情。如果培基证券研究公司出色的零售业分析师斯泰茜·帕克提升对一只股票的评级，由于人们听从她的建议并买入这只股票，该股票的价格就会上涨，但没人称之为"帕克效应"。坦率地说，我认为"帕克效应"听起来比"克拉默效应"更酷，因为听起来就像发生在科幻电影中一样。正如我绝不会告诉你一听到分析师的推荐马上就去购买股票，我也绝不会让你一听到克拉默的推荐就马上去购买股票，除非这只股票确实非常不错。

如果在我推荐股票的第一天内你不应该购买它——老实说，我也许会建议等待一周甚至两周来寻找好的进入时机——那在我引诱你看上一只听起来不错的股票后的最初24小时内，你应该做些什么呢？朋友，我知道你不想听这些，但这最初的24小时是用来做股票功课的。当然不是每分每秒都做这件事，在做股票功课时，你仍然可以睡觉、吃饭、上班；不过一旦我关注一只股票，我有时会完全忘记这些常规性的事务。在你可以购买股票之前，你不必花一整天在股票功课或类似的事情上，但你必须完成功课。因此，我必须告诉你所谓股票功课是什么。

现在，你正瞪大眼睛全神贯注地观看我的节目，而我正告诉你购买哪只股票。首先，认真听我说话。我开玩笑地说拿出纸和笔，记下我所说的这只股票的主要优点并不是什么糟糕的主意。你应该确信自己已经理解了为什么要持有这只股票。一旦一只股票吸引了你的目光，你就需要做一些功课。我知道，持有股票并不总是令人感到喜悦和激动的，但请相信我，如果你功课做得好，你就会很快乐，会感受到很多喜悦。你实际要做的功课相当简单。一旦有股票引起你的兴趣，就到互联网上去搜索关于它的信息。我不关心你是用雅虎财经、《华尔街日报》网络版还是我的公司TheStreet.com。（因为虽然我总是"厚颜无耻"，但我觉得行为还是低调点比较好，所以我对推荐我的公司确实感到有点犹豫。）

那你应该找哪方面的信息呢？你在网页上会看见股票价格，但那并不太重要。如果你正在考虑购买一只股票，你应该查看许多方面的情况。我发现，如果我们用目的来定义任务的话，股票功课就会更容易。我可以告诉你看看10-K报告，这是公司必须向证券交易委员会提交的、全面反映公司业务总体情况的年度报告；听一下电话会议录音或阅读电话会议的文字记录，或仔细查看公司的资产负债表。这些都是股票功课的组成部分，但如果你不清楚这样做的原因，这些功课就毫无意义了。

总之，你做股票功课的时候，只需要掌握关于股票的少量情况就可以了。我想通过几个简单的步骤概述整个过程，这样你就能比较容易地弄清相关情况，并明确到什么时候就算完成了这次功课。在购买我推荐的股票或其他股票之前，你需要完成的股票功课共有5个步骤。在本章后面附有一张工作表，你可以在上面记下在每一步中获得的所有信息。每当我在节目中谈论的股票确实引起了你的兴趣，同时你也认为这只股票正好适合你的投资风格，你就应该按工作表完成功课。我知道这样或许会引起你对股票功课的反感，而工作表感觉像中学一年级的东西，但如果这种主题明确的股票功课能够，并且我认为也将让你赚钱，那谁还管它看起来有多么傻气呢？

第一步是深入了解公司如何赚钱。

第二步是列出并了解所有可能影响股票所在行业的业绩的因素。"行业"是另一个可能唬住初出茅庐的投资者的术语，但它确实很简单。你在完成第一步并了解公司是怎样赚钱之后，你就知道了这只股票属于哪个行业。比如说，这家公司是通过销售汽车赚钱的吗？如果是，它就属于汽车业。这家公司生产计算机吗？如果是，它就属于高科技行业。这家公司销售健康保险吗？如果是，那它横跨保险及医疗保健两个行业，而你对这两个行业都要进行分析。

第三步是查看股票及对应公司最近的价格走势和业绩。

第四步是将该公司与竞争对手进行比较，并确信竞争对手对该公司的业务不构成严重威胁。

最后一步是阅读公司的利润表、资产负债表和现金流量表——但大多数情况下看后两张表就可以了——以确定你正在投资的公司确实是可以持续发展的。

现在我将向你详细讲解如何操作每一步骤，这样你就可以按我的方法做你的股票功课。顺利的话，你也可以像我过去在对冲基金时那样赚到钱，甚至可以比我做得更好，因为你不必再犯我在总结这套方法的岁月里所犯的错误。

第一步：深入了解公司如何赚钱。这个问题听起来很容易回答，同时也往往是最容易的事情，但不管怎样，你必须进行这样的调查，因为有时候公司会糊弄你，让你陷入麻烦。你需要公司年度报告，即10-K报告。你可以在前文提到的大部分金融网站上关于美国证券交易委员会文件存档的那部分内容中找到这份报告，你也可以直接到证券交易委员会的网站上查找这家公司。季度报告（10-Q报告）也值得一读。我建议至少仔细阅读最近4个季度的报告，不过看季度报告现在还为时尚早。

正如我所说的，弄清一家公司怎样赚钱通常不难。我在节目中尽可能不推荐名不副实的公司，但有时即使是我，也会被聪明的公司迷惑。我是个不错的投资者，但还远非完美。我喜欢用一家公司作为例子来说明某些公司并不像你所想的那样赚钱，该公司以前叫波士顿烤鸡公司，现在叫波士顿市场公司，属于麦当劳公司。如果不做股票功课的话，你也许会认为波士顿烤鸡公司是一家通过向顾客出售食品赚钱的快餐公司。这是直觉，因为它是一家快餐店。但如果你仔细阅读该公司的财务状况、年度和季度财务报表，你会发现事实上该公司的大部分赢利来自于向特许经营店放贷，使其发展起来，然后向它们收取特许费。长期来看，这样做不利于业务发展，因此这家公司最后被麦当劳收购了。你原来认为是餐馆的公司事实上是一家经营不善的银行。股票功课的价值在此就体现出来了。

还有一个例子是，你会发现朗讯公司一半的利润来自其养老基金的收益。这确实不是你希望发生在一只股票上的事。你还可以看看2004~2005年间IMAX公司的情况。这家公司的业绩总能符合预期，这一点正合华尔街的胃口。但IMAX公司取得这样的业绩并不是因为人们观看IMAX电影①。这家公司是通过廉价出售公司的业务部门并取回以前在租约中支付的定金来赚钱的。这家公司是从失败中而不是从成功中赚钱，而这样做长期来看是不可持续的。这就是我们做股票功课的原因。

现在我们假设你正在与高质量的公司打交道，这些公司通常都是我喜

① IMAX即Image Maximum的缩写，意为"最大影像"，是一种能够放映比传统胶片更大和更高清晰度电影的放映系统。——译者注

欢推荐的类型，例如卡特彼勒公司或波音公司。这些公司并不复杂。卡特彼勒公司销售重型卡车和建筑设备，而波音公司销售飞机。这就是它们的利润来源。你还应该通过查阅财务数据来确认公司的赢利模式。不过在查阅数据时，你不会发现任何会让你不快的意外之处。这里我要重申，即使我非常看好一只股票，除非你能够向完全不了解商业的朋友解释清楚股票背后的公司是怎样赚钱的，否则你仍然不能持有一只股票。如果你不知道这家公司怎样赚钱，你就不能理解关于这家公司的其他任何事情，而这最后将使你陷于进退两难的境地。

做股票功课还有别的原因吗？你在购买一大堆股票之前不仅要了解公司是怎样运作的。你也许知道汽车的工作原理，但仅以此作为选择汽车的理由是不够的，对吧？所以股票功课的第二步就是让你看看该公司所在行业的表现及其在该行业中是如何参与竞争的。我知道一些人听见像"行业"这样的词就想打瞌睡，但没有什么比股票所在行业更重要的了。从现在起，我几乎不会在没使你对股票所在行业有较为扎实的认识的情况下推荐股票。因为最重要的事实之一就是：个股表现的一半完全取决于其所在行业。

由于行业不过是公司所在的整个经济体的一部分，所以你在完成股票功课，了解了股票背后的公司的赢利方式后，你就会知道你的股票所在的行业。如果公司通过开采石油赢利，该公司就属于石油行业，从更广的角度来看则属于能源板块。有多种方法对整个经济分门别类，而一旦你知道公司的赢利来源，你就懂得了如何审视公司所在的行业。

如果我使你对某只股票产生了兴趣，你应该知道股票所在行业。但除此之外，还值得从更广的范围来考察该行业是怎样运行的，以及该行业应该怎样运行，因为我无法在10分钟内帮你全面总结一个行业，比如说房地产业的运行方式。如果你仔细阅读新闻报道和华尔街的研究报告（这些报告通常价格不菲，但通常也物有所值）和专业性报纸（这些是针对不同行业的出版物，常常被忽略，一般都有非常棒的信息），你就应该能充分掌握行业的运行机制，即哪些因素有利于行业，哪些因素对行业不利。

有两类事会给行业带来利好或利空的影响，而区分此两者是很有用的。一类事件会帮助或损害公司，而另一类事件则是与特定股票市场相关的、促使股价上升或下跌的交易因素。如果你理解了这两种效应之间的差别，你就能够理解市场。举个例子，如果你留意一下房地产企业，就会发现利率上升给这类企业造成了损失。这很容易理解：利率越高，住房抵押贷款的成本越高，人们购买的住宅就越少，所以房地产企业赚的钱就越少。

当油价高企时，所有与石油相关的行业的市场表现都很好。这是又一个例子，说明有些事件有利于公司经营，并能推高其股价。另一方面，那些市场因素、那些扰乱股价的华尔街效应的情况又怎样呢？我们举另外一个例子来说明这个问题。每当美国联邦储备委员会（下称美联储）关于加息的态度越来越强硬时（即使这不会摧毁经济也会使经济增长放慢），或者有指标显示经济增长将趋于缓慢时，我会出来告诉你采取防守型的投资策略。人们经常把防守型股票称为长期成长股票，我也使用这个术语，但它即便是正宗的华尔街行话，也没有太大用处。当我提到"防守"时，我指的是食品和饮料公司、医药公司，指的是即使在经济不景气时业绩仍然良好的股票。可口可乐和百事可乐都是长期成长股的好例子，你在超市中就能找到它们；强生公司是你在药店中能找到的长期成长股的好例子；宝洁公司也是长期成长股，而你到处都看得见宝洁的产品。

上述公司有什么共同点呢？共同点就是萧条的经济也不能对它们造成什么大的影响。如果经济繁荣时百事可乐利润增长率为11%，那经济衰退时它的利润增长率还是11%，而利润增长率正是我们在绝大多数公司中努力追寻的。但现在讲述这些还为时尚早。现在我们关注的是股票市场使公司或多或少拥有价值的原因，即使公司没有发生任何变化。当经济形势恶化时，百事可乐不会做得更好，但股价上升了——这就是我告诉你购买它的原因。它股价上升是因为，在对冲基金和共同基金中管理着巨额投资组合的顶尖基金经理，将资金从那些对经济衰退承受能力弱的公司撤出，并将其投入受经济形势影响小得多的公司。当经济复苏时，由于这些投资者会从百事公司撤走资金，并重新投向那些在经济形势好转表现突出的周期性公司中，所以其股价可能走低。

我们为什么要讨论上述内容呢？因为在做股票功课时，你实际上是在尝试理解推动股价变动的力量。即使我告诉你这是一笔不错的投资，如果你不知道与股票相关的各种力量，你还是不应该持有股票，否则当股票下跌时你会惊慌失措。

股票功课的另外两个目的是核实公司业绩（第三步）和审视竞争形势（第四步）。要核实公司业绩，只需浏览报纸文章和季度数据，看看这只股票是否持续使市场失望或令市场振奋，或者两方面都不明显。我不喜欢推荐历史业绩不好的股票，但有时我会给你讲述公司成功扭转局面的故事，而这时你应该思考为什么这家公司以前表现不佳，我又为什么认为它以后会做得更好。但一般来说，我喜欢推荐业绩一直良好的公司，而不是有一段令人失望的历史的公司。

当你进行到第四步，即开始审视竞争态势时，你实际上是在做两件事情。一方面，你要知道公司是否有竞争对手——遍布四周的垄断企业的数量会让你感到吃惊，如果确实存在竞争者，那么你要弄清它们对公司业务构成了何种威胁。另一方面——这方面通常更重要——就是确定公司的价值。实现这一目标的最佳途径就是将该公司与经营同样业务的另一家公司进行对比。

因为我经常在节目中谈论股票估值，估值能让你比较竞争对手，考虑到有些读者不太了解公司估值，我也不希望有人掉队，所以在这里我简要介绍一下估值的相关知识。我知道你们当中的一些人是这方面的专家，不需要再听我啰唆市盈率（每股股价/每股收益），但是因为每个人都应该在股市中赚钱，所以即使是学英语专业的读者，我也要让他们跟上队伍。

除了不赚钱的投机性公司外，我们基于公司已实现的收益、未来预期收益和收益增长率进行估值。"收益"只是华尔街对"利润"的拙劣表述而已。你看到的股票报价不能提供关于估值的充足信息。你应该寻找的是关于公司的倍数指标，即股价与每股收益的比率，该比率通常被表述为市盈率（PE）。计算市盈率只是简单的算术而已。我认为，只要除法学得好，小学四年级学生就可以在股市中赚钱。市盈率很简单，只要用股价除以每股收益就可以了，它表示的是市场愿意为股票支付的价格是其每股收益的多少倍。如果美国钢铁公司每股收益为5.5美元，股票价格为67.5美元，那么该股票的市盈率为12.27。很简单，就是每股价格除以每股收益。无论从哪一点来看，市盈率都是将一只股票与其他股票相比时的真实价值。该比率告诉你市场愿意为公司的收益支付的价格，并使你能够在统一的基础上比较各种股票。当你查看公司的竞争对手时，其股票的市盈率应该与我推荐的股票差不多。同一行业中的公司的股价表现是一致的。

但是，市盈率的实际决定因素是公司的增长率。我不会为公司股票支付高于增长率两倍的价格。这就是说，如果公司收益增长率为10%，我认为你支付的价格就不应该超过每股收益的20倍——即市盈率为20。当我为股票支付的价格对应的市盈率超过增长率的2倍时，我就损失太多钱了。通过比较增长率和市盈率，你就可以清楚地了解公司与其竞争对手进行比较时，是怎样被估值的，以及它应该怎样被估值。

这里我需要指出一些极为重要的事情。正如在对冲基金时一样，我不关心过去的情况，只关心未来。当你查找公司收益时，比如说是在雅虎财经上，你可以得到去年一整年公司的收益。在节目中，我总是谈论远期赢利预测，因为我确实想知道股票在一年或两年后的情况，而不是现在的情况。你在雅虎上看到的市盈率确实有一些价值，但如果你希望和我看法一致的话（请相信，我的看法能够赚钱），那么你应该看远期赢利预测，这方面的内容相当容易找到。大多数公司都会对其未来赢利情况进行预测，但是知道华尔街在寻找什么比知道公司的预期更重要，这是因为交易员和投资者主要关心分析师怎么说，而不是公司怎么说，尽管分析师的预测是松散地建立在公司告诉他们的情况之上的。你可以通过点击雅虎财经或TheStreet.com网站左边的"分析师预测"链接或点击其他网站上的相关内容来获取这些预测数据。如果你想进一步深入了解未来而不仅仅是下一财年的情况，你可能要付费购买一些华尔街的研究报告；如果你想省钱，可以浏览报纸上的文章，如果走运的话，也许能找到有用的信息。

市盈率、赢利预测和增长率——所有这些概念看似复杂艰深，但如果举例说明的话就没那么难懂了。如果你觉得刚才读的内容比较复杂，或者难以理解，那我可以向你保证，对同一行业不同公司进行一次估值，你就能完全明白。这里我最想用的估值案例就是谷歌。从2004年8月该股票以80美元的价格首次公开发行上市开始，一直到2006年1月股价达到470美元的峰值（此时我差点就指出谷歌的股价见顶了），我对这只股票的看法一直是对的。我不想谈论谷歌，因为它让我觉得沾沾自喜。如果我们试图弄清楚市盈率及其与增长率的关系，谷歌就是最有说服力的例子。

谷歌是个很好的例子，它让我们看到人们对股票的实际价格的看法是多么随意。当它的股价上涨时，由于购买其股份看起来要花费大量金钱，记者们就会撰写专栏文章或在电视节目中谈论该股票多么"昂贵"。这时人们会打电话给我，询问这只股票200或300美元的价位是否算贵。离开具体的分析背景，实际的股票价格没有任何意义。因此，我将为你提供背景分析，并完成整个估值过程。

在我写作本书的时候，谷歌2006年的预期每股收益为9.42美元，2007年预期每股收益为12.55美元。这些数据是市场平均预估，即所有涉及这只股票的分析师对该股票预测数据的平均值。我已经告诉过你，只需点击"分析师预测"链接就可以直接从雅虎财经或TheStreet.com获取这些数据。因此，如果分析师预测谷歌2006年每股收益为9.42美元，那么我们可以说，当谷歌股价是400美元时，你为一家2006年每股收益9.42美元而2007年每股收益12.55美元的公司支付了每股400美元的价格。如果谷歌2006年每股收益为94美分，而股价仅为40美元，没人会说它贵，但是由于市盈率相同，对它的估值还是一样的。

因为当你购买一股谷歌的股票时，你不是为它在你购买股票之前获取的利润付钱，而是在为它未来将获得的收益付钱，所以我在这里使用远期赢利预测就是为了确保我们的分析方法相同。如果谷歌2006年每股收益为9.42美元，而价格为400美元，你只需将股价除以每股收益，就能得出它的市盈率，这是一个告诉你股票价值的真实数字。谷歌的股价是2006年每股预期收益的42倍。这个数值为42的倍数（市盈率）就是它的"真实"价值。用2007年每股预期收益（12.55美元）再计算一遍，你会发现谷歌400美元的股价比2007年每股预期收益的32倍略低，这个倍数也就是市盈率，大约只有它的增长率的1倍！真是太便宜了！

知道市盈率的最大好处就是使你能在同样的估值基础上比较谷歌和其他公司的股票价值。我们来作一个小小的比较，这样你就知道怎样才能完成一个好的比较，而怎样的比较又是毫无用处的。按2006年赢利预测，谷歌的市盈率为42。在我写作本书时，另一家大型高科技公司微软公司的股价为22.86美元，而它2006年的预期每股收益为1.26美元，计算出来市盈率仅为18。你的直觉可能告诉你谷歌的股票比微软贵得多。但成功地击败市场一半要归功于击败你的直觉，而只有10%的成功与你的直觉有关，不过你必须知道得听从哪些直觉。正如前文所述，实际决定市盈率的是其增长率。华尔街（这里我说的华尔街是指所有大型共同基金和对冲基金，大部分的买卖活动都源于此）为高速增长和每年迅速增加的收益支付巨额资金，而对增长缓慢的公司却十分吝啬。

微软未来5年的预期赢利年均增长率为12%——像其他数据一样，该数据可以从分析师预测页面获得。而谷歌未来5年的预期赢利年均增长率为31%。谷歌比微软增长快得多，所以应该赋予它高得多的市盈率。

现在我教给你另一个名词：PEG，即市盈率除以公司赢利年均增长率。微软的增长率为12%，市盈率为18，市盈率是增长率的1.5倍。谷歌的市盈率为42，增长率为31%，市盈率仅为增长率的1.35倍。所以实际上，即使谷歌股价为400美元而微软股价为23美元，即使谷歌市盈率为42而微软市盈率为18，按PEG这个非常重要的指标来度量，谷歌的股票还是比微软的股票便宜。

正如我前面提到的，如果股票的市盈率达到或超过公司赢利年均增长率的2倍，我就认为它太贵了，而且认为你应该卖掉它。这不是因为2是一个有魔力的数字，而是因为管理市场上大部分资金的成长型共同基金和对冲基金，通常不愿意购买市盈率为公司赢利年均增长率的2倍或更高倍数的股票。因为大部分买卖操作是由这些机构进行的，所以它们是规则制定者。股票市场是富豪统治的市场：持有更多资金的人掌握着更大的价格决定权，正是这些机构使得这些股票风险太高，从而不适于持有。

再回到我们的例子，你会发现你实际上应该比较同一行业中增长率相似的公司。微软和谷歌几乎没有什么共同之处，所以比较这两只股票只是我用来向你展示怎样估值的一个例子。如果你不想将谷歌和微软比较，那么可以将它和雅虎比较。雅虎和谷歌业务相同，也是从互联网搜索上赚取广告费，并且增长率也与谷歌接近。雅虎未来5年的预期年均增长率为28%，根据我写作本书时的2006年市场平均赢利预测（我认为这个数字太低了），它的市盈率为63.5。记住，根据2006年赢利预测数，谷歌市盈率为42。雅虎2006年的PEG值为2.26，而谷歌仅为1.35。因为谷歌和雅虎增长率接近，分别为31%和28%，并且它们所在行业也完全相同，所以这个比较很有用。如果赢利预测准确的话，这个比较告诉你谷歌的股票比雅虎便宜得多，并且很有可能被低估了。能够实实在在让你赚钱、合理有效的比较分析看起来就是这样。你不必使用未来5年预期年均增长率，我只是为了举例而使用它。我通常使用下一年的增长率和下一年的赢利预测来进行计算。再次声明，不是因为前面讲的方法是客观正确的做事方法，而是因为大型基金是那样做的，而它们是股票市场上的价格设定者。

这里再重复一下第四步，即审视竞争态势的全过程。首先你要看看竞争是否会损害你喜欢的股票。如果这只股票是谷歌，你要查询涉及谷歌、雅虎和互联网巨头IAC公司的研究报告或报纸文章，并确信其他公司没有蚕食谷歌的市场份额。然后你用市盈率和赢利年均增长率来将你的股票（谷歌）和竞争对手（如雅虎）进行比较，并找出相对于竞争对手而言，该股票价格是否被高估或低估。

完成整个股票功课还有最后一步，即第五步——你绝不应该忘记查看公司的资产负债表和现金流量表。因为破产将完全抹掉股票的价值，所以我讨厌高负债的公司。在对我推荐的股票进行进一步操作之前，要确保你正在考虑的股票对应的公司拥有健康的资产负债表，即没有负债或有足够的现金来按时偿还债务。如果公司资产负债表很糟糕，则它最好有一个充分的理由。

由于在实践中掌握资产负债表比从原理上进行理解要有趣和容易得多，所以通过举例说明可以取得不错的效果。为与前面的内容保持一致，这里还是用谷歌这个例子。谷歌有一张干净的资产负债表，即没有负债。当我写作本书时，它的账上还有80多亿美元现金。现金赋予公司财务弹性。而正如欠下大量个人债务的人所切身体会到的那样，负债会使你失去这种弹性，并使你不堪重负。

然而许多公司存在债务。卡特彼勒公司的债务为250亿美元，而它的总价值还不到500亿美元。但是我并不担心卡特彼勒的债务，而你也不必担心。你怎样才能知道哪些债务值得关注，而哪些债务是安全的呢？方法就是检查公司的资产负债表。下面是从雅虎财经上获得的卡特彼勒公司的资产负债表（表2-1）。注意：当你在看资产负债表时，表中所有数字的单位都是"千美元"，而括号中的数字表示负数。

表2-1　卡特彼勒公司2005年资产负债表

（经雅虎财经许可使用）　　　　　　　　　　　　　　　　　　单位：千美元

会计期末	2005.12.31	2004.12.31	2003.12.31
资产			
流动资产			
现金与现金等价物	1 108 000	445 000	342 000
短期投资	—	—	—
应收账款净额	14 312 000	14 367 000	11 978 000
存货	5 224 000	4 675 000	3 047 000
其他流动资产	2 146 000	1 369 000	1 424 000

(续)

会计期末	2005.12.31	2004.12.31	2003.12.31
流动资产合计	22 790 000	20 856 000	16 791 000
长期投资	11 903 000	9 856 000	8 704 000
固定资产	7 988 000	7 682 000	7 290 000
商誉	1 451 000	1 450 000	1 398 000
无形资产	424 000	315 000	239 000
累计摊销	—	—	—
其他资产	1 745 000	2 258 000	1 427 000
长期待摊费用	768 000	674 000	616 000
资产总计	47 069 000	43 091 000	36 465 000
负债			
流动负债			
应付账款	9 024 000	8 522 000	6 883 000
短期负债和一年内到期的长期负债	10 068 000	7 688 000	5 738 000
其他流动负债	—	—	—
流动负债合计	19 092 000	16 210 .000	12 621 000
长期借款	15 677 000	15 837 000	14 078 000
其他负债	2 991 000	2 986 000	3 172 000
长期递延负债	877 000	591 000	516 000
少数股东权益	—	—	—
负商誉	—	—	—
负债合计	38 637 000	35 624 000	30 387 000
股东权益			
杂项股票期权与权证	—	—	—
可赎回优先股	—	—	—
优先股	—	—	—
普通股	1 859 000	1 231 000	1 059 000
留存收益	11 808 000	9 937 000	8 450 000

（续）

会计期末	2005.12.31	2004.12.31	2003.12.31
库存股	(4 637 000)	(3 277 000)	(2 914 000)
资本公积	—	—	—
其他股东权益	(596 000)	(424 000)	(517 000)
股东权益合计	8 432.000	7 467 000	6 078 000
有形资产净额	$6 557 000	$5 702 000	$4 441 000

请看资产负债表中"流动负债"部分，找到"短期负债和一年内到期的长期负债"这行。这一行的数字是短期负债和即将到期的长期负债的合计。然后找到现金流量表（表2–2）——这张表相当简单、实在、有效：它只记录公司支出和获得现金的项目。而利润表上有各种抽象的项目，如税收减免、摊销等这些并不反映现金归属变动的项目。但现金流量表只告诉你改变了归属的现金的情况。我在这里把现金流量表也加进来，有助于你更好地理解。

表2–2　卡特彼勒公司2005年现金流量表

（经雅虎财经许可使用）　　　　　　　　　　　　　　　　单位：千美元

会计期末	2005.12.31	2004.12.31	2003.12.31
净利润	2 854 000	2 035 000	1 099 000
经营活动产生的现金流量（因经营活动流入或流出的现金）			
折旧	1 477 000	1 397 000	1 347 000
对净利润的调整	(20 000)	(113 000)	(15 000)
应收账款变动	(908 000)	(7 616 000)	(521 000)
负债变动	1 144 000	1 457 000	617 000
存货变动	(568 000)	(1 391 000)	(286 000)
其他经营活动变动	(866 000)	240 000	(175 000)

（续）

会计期末	2005.12.31	2004.12.31	2003.12.31
经营活动产生的现金流量净额	3 113 000	(3 991 000)	2 066 000
投资活动产生的现金流量（因投资活动流入或流出的现金）			
资本性支出	(2 415 000)	(2 114 000)	(1 765 000)
投资所支付的现金	(2 471 000)	3 708 000	(1 504 000)
其他投资活动产生的现金流	1 361 000	483 000	708 000
投资活动产生的现金流量净额	(3 525 000)	2 077 000	(2 561 000)
筹资活动产生的现金流量（因筹资活动流入或流出的现金）			
分配股利支付的现金	(618 000)	(534 000)	(491 000)
发行及回购股票	(1 202 000)	(222 000)	(248 000)
借款净额	2 973 000	2 630 000	1 252 000
其他筹资活动现金流	—	—	—
筹资活动产生的现金流量净额	1 153 000	1 874 000	513 000
汇率变动影响	(78 000)	143 000	15 000
现金及现金等价物净增加额	$663 000	$103 000	$33 000

在表2–2上，你可以看到公司从日常运营、主营业务、投资等活动中实际获得的现金，以及用于偿还债务的现金和借债获得的现金的数额。要判断公司是否能够控制其债务，首先在现金流量表上看它是否在借债或偿还债务。你现在看到的数据表明，卡特彼勒公司正在借债而不是偿还债务。一般来说这是一种不好的现象，但在本案例中，由于存在特别的客观情况，所以这并未使我感到不安。卡特彼勒是一家赢利能力很强的公司，能产生足够的现金来偿还债务，该公司借入资金是为了扩展经营活动。虽然2005年年底卡特彼勒公司有100亿美元2006年到期的债务（这个数字你可以在资产负债表负债项目下找到，就在"短期负债和一年内到期的长

期负债"一栏中），而且这项债务的金额是其经营活动产生的现金流量的
3倍，但它现在处于再融资的状态，并能最终偿还债务。如果你看看现金
流量表上的"筹资活动"部分，你会发现人们仍然愿意向卡特彼勒公司提
供贷款。因为卡特彼勒公司资产负债表上的资产远远超过其负债——资产
总计为470亿美元，负债总计为386亿美元——所以它不会产生财务问题。

如果你想看看一张糟糕的资产负债表是怎样的，只要看看卡尔派恩公
司2005年年底的资产负债表就可以了。卡尔派恩公司是一家破产了的能
源公司。下面说明一下它破产的原因。

表2-3　卡尔派恩公司2005年资产负债表

（经雅虎财经许可使用）　　　　　　　　　　　　　　　　　单位：千美元

会计期末	2005.12.31	2004.12.31	2003.12.31
资产			
流动资产			
现金与现金等价物	1 677 510	1 829 164	1 760 942
短期投资	489 499	324 206	496 967
应收账款净额	1 025 886	1 097 157	988 947
存货	189 986	179 395	140 305
其他流动资产	45 156	133 643	89 593
流动资产合计	3 428 037	3 563 565	3 476 754
长期投资	962 970	709 730	1 360 357
固定资产	14 119 215	21 160 605	20 193 200
商誉	45 160	45 160	45 160
无形资产	78 375	73 190	229 877
累计摊销	—	—	—
其他资产	1 700 231	1 241 232	1 597 852
长期待摊费用	210 809	422 606	400 732

(续)

会计期末	2005.12.31	2004.12.31	2003.12.31
资产总计	20 544 797	27 216 088	27 303 932
负债			
流动负债			
应付账款	723 966	1 571 821	1 374 539
短期负债和一年内到期的长期负债	5 413 937	928 714	805 816
其他流动负债	1 004 489	784 857	335 048
流动负债合计	7 142 412	3 285 392	2 515 403
长期借款	2 462 462	11 358 381	18 020 269
其他负债	15 680 585	6 455 256	259 551
长期递延负债	492 039	1 135 941	1 476 564
少数股东权益	275 384	393 445	410 892
负商誉	—	—	—
负债合计	26 052 882	22 628 415	22 682 679
股东权益			
杂项股票期权与权证	—	—	—
可赎回优先股	—	—	—
优先股	—	—	—
普通股	569	537	415
留存收益	(8 613 160)	1 326 048	1 588 509
库存股	—	—	—
资本公积	3 265 458	3 151 577	2 995 735
其他股东权益	(160 952)	109 511	56 594
股东权益合计	(5 508 085)	4 587 673	4 621 253
有形资产净额	($5 631 620)	$4 469 323	$4 346 216

　　在表2–3中，你需要注意几个重要数据，如果以后你在其他地方看到类似情况，应该引起足够的警觉。截至2005年12月31日，卡尔派恩公司

的负债高出资产55亿美元，占资产总额的近30%。因此该公司的负债比它的实际价值还高。卡尔派恩公司的流动负债（大部分为短期负债和即将到期的长期负债）超过70亿美元。流动负债是公司在未来12个月之内必须偿还的债务。由于卡尔派恩公司的负债超过了资产，而借钱给它显然是一笔糟糕的投资，所以它的融资情况并不乐观。当你看到一家公司有70亿美元的债务要偿还时，你最好马上查阅一下现金流量表，看看它能否获得这样一笔钱。

表2-4 卡尔派恩公司2005年现金流量表

（经雅虎财经许可使用）　　　　　　　　　　　　　　　　　　　　　　单位：千美元

会计期末	2005.12.31	2004.12.31	2003.12.31
净利润	(9 939 208)	(242 461)	282 022
经营活动产生的现金流量（因经营活动流入或流出的现金）			
折旧	760 023	833 375	735 341
对净利润的调整	8 802 803	(443 405)	(116 964)
应收账款变动	(42 437)	(99 447)	(221 243)
负债变动	(170 554)	176 322	(84 271)
存货变动	—	—	—
其他经营活动变动	(100 360)	(214 489)	(304 326)
经营活动产生的现金流量净额	(689 733)	9 895	290 559
投资活动产生的现金流量（因投资活动流入或流出的现金）			
资本性支出	(773 988)	(1 545 480)	(1 886 013)
投资支付的现金	272 935	104 198	(32 817)
其他投资活动现金流	1 418 510	1 039 856	(596 535)
投资活动产生的现金流量净额	917 457	(401 426)	(2 515 365)
筹资活动产生的现金流量（因筹资活动流入或流出的现金）			
分配股利支付的现金	—	—	—

（续）

会计期末	2005.12.31	2004.12.31	2003.12.31
发行及回购股票	4	360 098	175 678
借款净额	(366 261)	(161 294)	2 437 495
其他筹资活动现金流	206 328	(31 752)	10 813
筹资活动产生的现金流量净额	(159 929)	167 052	2 623 986
汇率变动影响	(181)	16 101	13 140
现金及现金等价物净增加额	$67 614	($208 378)	$412 320

在表2-4中，我们会看到情况有些不妙。卡尔派恩公司的经营活动产生的现金流量为负，这意味着它的业务是损失现金的。该公司经营活动产生的现金流量的亏空接近7亿美元，但也许投资活动产生的现金流量可以挽救它？2005年卡尔派恩公司的投资活动产生的现金流量略高于9亿美元。两者合计为正，大约为2.28亿美元——但仍然远远低于需要支付的70亿美元债务。接下来你再看看表2-4的筹资活动部分，这里的情况更糟。该公司必须偿还2005年的一些债务，这使得公司现金流又少了几乎1.6亿美元。在表2-4的最后，你会看到2005年它产生的现金合计仅略高于0.67亿美元。

如果一家公司的负债超过资产，这家公司就不适宜投资。如果你确实想在卡尔派恩这样的股票上冒险，你可以看看它下一年将会欠多少债务——在本案例中，2006年时它将必须偿还70亿美元。现在只有一个问题：它能偿还这些债务吗？你已经查看了现金流量表，并且知道2005年该公司只能产生0.67亿美元现金，这样你就知道它是无法偿还这些债务的。卡尔派恩要偿还债务就必须赚到相当于2005年100倍的现金。除非发生奇迹，否则一家公司一年内产生的现金要比上一年增长100倍是不可能的。所以当你看到这些情况时，你就知道这家公司要么是财务状况太差，不值得购买其股票，要么是更差，即该公司注定要破产，这就意味着它的股票将一文不值。这就是我们要执行第五步的原因：你必须查看资产负债表和现金流量表，发现需要引起警觉的问题，这样才不会因为投资失败而血本无归。

这里总结一下前面讲述的你应该做的准备工作：第一步，深入了解公司如何赚钱；第二步，了解公司所属行业及所在行业的表现；第三步，了解公司过往业绩情况；第四步，了解公司的竞争对手及所面临的竞争状况，以便恰当估值；最后一步，即第五步，就是关注资产负债表和现金流量表。

读者朋友们，这就是股票功课。如果你完成了股票功课并对该公司感到满意，克拉默就为你购买这只股票开绿灯了。但我要警告你，我对你应该怎样购买股票非常挑剔。我的挑剔是基于这样一条理由：如果你不遵守规则，如果你偏离了正确的方法，你遭受损失的可能性就很大。

股票工作表

第一步：深入了解公司如何赚钱。

去年它是如何赚钱的？

上个季度它是如何赚钱的？

公司在这些时间的赢利质量高吗？

第二步：了解公司属于哪个行业，该行业的表现如何？

行业：

该行业在最近3个月、6个月和12个月的表现：

哪些力量可能使该行业股票价格发生变化？

第三步：了解公司过往的业绩情况。

去年：

最近6个月：

最近3个月：

上个月：

上周：

第四步：了解公司的竞争对手及所面临的竞争状况，以便恰当估值。

该公司面临有威胁的竞争吗？

股票市盈率是多少？

公司竞争对手的平均市盈率是多少？

公司竞争对手的平均PEG是多少？

该股票与同行业股票相比便宜多少或者贵多少？

依据市盈率：

依据PEG：

第五步：关注资产负债表和现金流量表。

公司负债多少？

公司今年到期债务是多少？

公司去年自由现金流是多少？

根据分析师预测公司，今年应该有多少自由现金流？

公司能产生足够的现金流来偿还今年的债务吗？

公司能偿还明年的债务吗？

公司会在不久的将来被迫出售资产来偿还债务吗？

第六步：通过做股票功课，你觉得该股票是一笔良好的投资吗？

第三章

使用限价委托指令分批购买

现在是大举购买的时候了。在我告诉你如何购买股票后，我将详细解释每周额外要做的、用于巩固知识的一小时股票功课（简称维护工作）的内容。我们按时间顺序来进行。首先，你完成用来研究股票的股票功课，然后按正确的方法买入股票，接着用正确的方法检查股票，最后卖出股票（我将在下一章讲述如何卖出股票）。因为我认为自己对你购买我推荐的股票有一种特别的责任，所以我希望你按一种特定方法购买股票，尤其是我推荐的股票，但我关于购买股票的建议也是普遍适用的。在我向你讲述具体的购买过程之前，我想让你先弄明白你购买股票的环境。假如你有1万美元的闲钱可以用于投资股票，这笔钱不能是你需要投入401（k）计划或IRA①退休储蓄计划的资金，也不能是储蓄账户资金或债券及最保守的

① 401（k）计划是美国1978年《国内税收法》第401条k项规定的一种养老金计划，即企业为员工设立专门的401k账户，员工和企业均缴纳费用，员工用账户资金进行证券投资，并享有税收方面的优惠。个人退休账户IRA是美国面向任何具有纳税收入者的一种个人退休储蓄计划，参与者每年可将一部分收入存入该账户，存入IRA的资金主要用于证券投资。——译者注

分红型股票。我们用这1万美元构建投资组合。比如说，你打算持有5只股票——你至少要持有5只股票，这样你才能实现多样化——你的投资组合中任一行业的股票都不超过20%。这就意味着你把鸡蛋放在至少5个独立的篮子里，这样不管发生什么，至少有一些鸡蛋能孵出小鸡。

如果你想购买我推荐的某只股票，比如波音公司这样一家强大的航空器制造商，那么你最好别把所有的钱都砸到它上面。你最好保持投资的多样化。也就是说，这1万美元中，投入波音公司的钱不要超过2 000美元。我不管你是不是认为波音将是唯一能够再次上涨的股票，反正你只允许在它上面投入20%的资金。如果你想买克拉默推荐的股票，那么你最好按克拉默的规则来做（当我非常严肃认真时，我就会采用第三人称的称谓）。规则不是用来约束你的，立下这些规则是因为我每次违反它们时就会亏钱（你可以在本书第八章中找到这些规则）。为了让你不再犯我的错误，我希望你真心接受这些建议，以免遭受损失。

下面接着听我说。由于航空工业十分强大，所以假设我刚刚做了一期关于飞机上所有零部件的节目。假设你对我提到的每一只航空工业股票都非常感兴趣，并想持有制造飞机的波音公司股票、制造飞机零部件的派克汉尼汾公司股票、为航空公司提供外包飞机维护服务的Aviall公司股票、制造飞机零部件但业务非常多元化的霍尼韦尔公司股票，以及杰出的飞机发动机制造商劳斯莱斯公司股票（顺便提一句，它的飞机发动机帮助盟国赢得了第二次世界大战）。但是想同时持有这些股票是绝对不可行的，你只能从中挑选一只。航空工业的周期性非常显著，而多样化投资则至关重要。

你在购买波音公司股票时面临的投资环境是：你的1万美元投资组合中持有其他4只股票，没有一只股票超过20%的份额。其他4只股票都不能有重叠（即属于同一行业）的情况。假设你持有一只银行股，比如说是美国银行或花旗集团，然后可能拥有像诺德斯特龙公司这样的零售商，像高通公司这样的高科技公司，最后也许是一家像哈利伯顿公司这样的石油服务公司。在这个投资组合中股票之间没有重叠。如果我们在玩"我多样化了吗？"这个游戏，我相信会取得不错的结果。

我们已经扫除了多样化投资面临的障碍，现在你终于可以开始买入一些波音公司的股票了（我知道让你等这么久确实很难受）。但是，我们要非常缓慢地买入，这并不是因为我不相信你的能力，而是因为专业人士就是这样操作的，我想让你也变为专业人士。到这里，我们已经走过了一个完整流程。我推荐波音公司是因为我认为波音公司至少在未来3年内将持有充足的飞机订单。你已经确定波音公司股票是可以舒舒服服持有的低风险股票，你也完成了所有前文阐述的股票功课，最后你确信可以在你的多样化投资组合中加入这只股票。

现在，我们开始购买股票。你要买入2 000美元的波音公司股票，但你不能一次全部买入。相信我——这是我在《克拉默投资真经》中提出的投资的"看家秘籍"中的第3条秘籍。如果你一次全部买入，你最后多半会感到悔恨。因为股价波动很大，所以你同样也不能一次全部卖出。

假设你一次买入2 000美元的波音公司股票，而第二天该股票下跌了1美元。这时你会觉得自己真是个傻瓜。我们应该逐步建仓。你不必每次只买入1股，但因为佣金非常低，我们假设你可以分4次买入。

如果可能的话，可以尝试等待股价走弱，然后低价买入。我们无法一直做到低买高卖，有时我们必须高价买入，并以更高价格卖出。对于购买股票来说，耐心通常是一种美德。由于波音是一家大公司，所以即便我在节目上推荐了波音公司股票，它的股价也不会涨得太高，但24小时原则仍然有效。为了开始买入股票，我会在我推荐股票后的一周内寻找股票的任何弱点——即股价下跌的任何时候——虽然我通常要尽可能等到股价下跌时才推荐股票。如果你没有找到股价下跌的机会，那么就不要一直等下去了。在一两周之后，耐心可能开始变成不良习惯了。在五六天之后，如果还不见股价有任何走弱的迹象，你就可以开始行动了，这次是买入500美元股票。

这下又遇到"买"这个可怕的词了。在和克拉默合作时，你不是在"买"股票。"买"股票意味着使用市价委托指令，而在我看来，市价委托指令就是向你的股票经纪人发出要他榨取你钱财的亲笔邀请信。市价委托指令使你的经纪人可以为你试图购买或出售的股票开出任何价格。这很容易理解，如果你只是说"买入"，由于没人替你监督交易过程，你支付的价格可能要比卖方报价（即别人愿意卖出股票的价格）高出1%或2%。

这就是我总是告诉你使用限价委托指令的原因。我希望你认真听我的意见。假设此时波音公司股价与我写作本书时的股价差不多，大约为83.33美元，这样你可以给你的经纪人打电话或在股票经纪网站上输入股票买卖指令（现在已经是21世纪了），并以限价委托指令的方式购买6股波音公司股票。这笔交易的金额大约为500美元。使用限价委托指令时，你对你愿意为每股支付的价格设定了上限，而你并不会为此支付额外的费用。你可以设定自己的交易价格，你可以斤斤计较也可以慷慨大方。有时如果你设定的价格太低，你就买不到股票，但至少你不会被洗劫。一般来说，如果你设定的限价比上一次出价（即别人对这只股票的最后一次报价）高0.15%，你就是在折磨自己。需要补充说明的是，使用限价委托指令时，你可以设定委托在交易日结束时失效，或委托没有被取消就一直有效。为谨慎起见，我恳请你总是选择让限价委托在交易日结束时失效。如果你的限价委托指令当天没有成交，那就在第二天早上再设定一个限价委托指令。如果你设定的限价委托指令是以每股不高于83.43美元的价格买入波音公司股票，而波音公司突然在晚上公布了不利消息，股价也直线下跌到70美元。正由于你没有让限价委托指令在当天交易结束时失效，在第二天早上你不得不为每股股票支付80多美元。这种令人痛苦的意外情况肯定是你不愿见到的。

对于像波音这样的大盘股，你可以用条件严格一点的限价委托指令，而你应该能以500美元买到6股我们假设的这只股票。下面我们继续讲解这个例子。为购买波音公司股票，你先给经纪人打电话，或者上网使用一家折扣网络经纪商，然后告诉经纪人或计算机，你想以每股不超过83.4美元的价格买入6股波音公司股票（如果上次交易价格是83.33美元）。由于波音是一只大盘股，股价波动不大，所以即使限价条件很苛刻，也就是说该限价与上次交易价格非常接近，你的经纪人也应该能够满足你的条件。（你可以通过电子交易公司购买股票；因为你和我已经一起完成了前期工作，并没有依靠经纪人帮忙，所以无须支付更高的费用。）但是，假设几个小时过去了，你的经纪人还没有完成限价委托指令。而你还想买入股票，但又不想觉得好像是在追捧这只股票，这时你可以放宽你对价格的限制。取消上次限价委托指令，然后提交新指令。假设波音公司股票上次交易价格为83.45美元，超过了上次设定的限价，这就是你无法完成限价交易的原因。为得到这只股票，告诉你的经纪人或电子经纪商，你想以每股83.6美元的价格买入6股波音股票。这个价格比上次交易价格高15美分。除非有某种显著的趋势驱动波音公司股票上涨，你的经纪人这次应该能完成限价委托指令。现在，你已经有了6股波音公司股票。

接下来应该做什么呢？股票建仓是要花时间的。你要一直等着波音公司股票走弱，不是仅仅等到第二天交易结束，而是要等好几天，甚至几个星期。如果你觉得股票确实要上涨了，而且不想错失赚钱良机，那么我允许你开始行动，并以更快的速度建仓。但一般来说，为了等股票进一步走弱，我总是更喜欢再等一等，至少再等一会儿。并且，你要一直使用限价委托指令。（你已经打算购买一些股票了，所以糟糕的事就是股价更高了。）

一旦你在波音公司股票或任何其他股票上建立了核心仓位（关于如何围绕这笔头寸进行交易并卖出，我们随后再作探讨），一旦你按上述方法执行了买入交易，并且完成了相关股票功课，你就可以表扬一下自己了，这是因为你正在做我通常做的事情，而且你在游戏中已经遥遥领先了。

但你只有继续做你的股票功课才能保持领先。按照本书的观点，如果你每周不花1小时来研究你的每一只股票，你就是在自找失败，所以你必须每周做1小时关于波音的股票功课。记住，我的格言是"买入并分析"，而不是"买入并持有"。你在买入股票之前已经完成了初步的股票功课，所以你应该已经熟悉了我们用来在互联网上做股票功课的所有工具。

那么你在每周的股票功课中要看些什么内容呢？首先，你应该每天至少查看一次股价。如果你不进行短线交易，就不必沉迷于股价行情，像疯子一样每5分钟就查看一下股价（我将在本书后面的部分讲述交易方面的内容），但你应该知道每天你的股票大概在什么价位交易。由于只需要两秒钟来看看行情，我甚至没有把这算做股票功课的一部分。此外，如果股价即使只上升了一点点，你会感觉很好，以至于不会把这看做股票功课。你接下来的维护工作实际上就是：确保那些曾经促使你买入并看好一只股票的积极因素目前依然存在。

下面我给你列出你必须在每周股票功课中注意的事情（无论你买什么股票），这些我也会分步讲述。你的维护工作的第一步是确定公司的收益没有问题。你要注意公司是否修正了它的赢利预测，或者那些跟踪该公司的分析师是否改变了他们的预测。你所关注的公司收益可能令人满意，也可能存在问题。但不管结果怎样，这是你要关注的最重要的事。第二步是确信你持有一只股票的理由仍然成立。对波音公司，我的理由是：我们正处于一个持续7年的航空工业周期的中部，而此时所有航空公司都在更换它们的喷气式客机；而且，波音公司唯一的重要竞争对手空中客车公司正面临难以为继的悲惨境遇。对不同的公司，理由是不同的，但只要你阅读所有关于该股票的相关报纸文章或文章的相关部分，你就应该能轻松理解我的这个理由是依然成立的。如果你还是觉得迷惑不解，你可以随时购买一些华尔街的研究报告，不过我不喜欢这个主意。

第三步是一个大杂烩。记住，你最初的股票功课的第二步是找出什么力量推动了股价变动，而你的维护工作的第三步就是观察这些力量——同样，通过报纸或互联网，你基本上可以找到你需要的任何信息。因为虽然我有时过于自负，但我承认我不了解未来，而且由于存在我不能预测的、将使你的股票价格变动的意外事件，所以我不能准确告诉你需要寻找哪些信息。第三步的部分工作就是关注是否会有一些事情突然发生，使你的股票价格下跌或上升。永远保持警觉就是获得财富的代价。

上面的内容使你每周1小时的维护工作听起来好像只是在关注坏消息。事实就是这样：你实际寻找的就是坏消息，这样的话，如果股票不能如你所希望那样赚钱，你能在遭受重大损失前及时止损并退出市场。这并不是说就没有好消息，也不是说你不应该关心好消息。如果你投资的公司向上修正其赢利预测，同时公司股价大涨，你也需要对此加以关注。当你的股票有好消息时，由于你因此而赚钱了，所以你甚至应该庆祝一下——即使金钱买不来快乐，赚钱还是使我感到快乐。好消息改变股票走势的程度与坏消息不相上下，但你不需要我来告诉你去听听关于你的股票的好消息；当你的股票价格上涨时，你也不需要我来告诉你去庆祝一番；好消息会自己发挥积极作用。关注坏消息是你在股票功课中需要强迫自己去做的，因为坏消息使人沮丧，同时坏消息也比好消息重要得多。

如果你持有的股票接连不断地带来好消息，你不必工作非常辛苦就能赚钱——因为股价上涨了。在下一章我将告诉你如何卖出已经上涨的股票，这样你就可以把赚来的钱存到银行去了。但如果你的股票受到坏消息的打击，你就要作出一些严肃的决定了。这种情况下你可能会遭受很大的损失。但坏消息也可能是买入良机。你只有完成了维护工作并在已有知识的基础上结合分析最新信息，才能知道最终结果。

现在，你已经知道如何筛选出适合你的股票。你已经知道如何完成关于这些股票的功课，并找出买入股票前需要的一切信息。你已经知道如何按正确的方法买入股票，即使用限价委托指令并在一段时间内逐步建仓。你也知道每周如何做1小时股票功课来检查你的投资。

现在到你学习如何卖出的时候了。

第四章

按正确的方法卖出股票

你在卖出股票并将所得利润存入银行后才算是从股票上赚到了钱。这是我在《克拉默投资真经》中提出的第6条交易戒律。你也许持有一只自购买以来股价翻了一倍的股票，但直到你卖出股票并获得现金时，你才能说在这只股票上赚了钱。我已经告诉你应该怎样对股票进行研究，也告诉了你如果想致富应该怎样买入股票。但如果我要负责地完成我的工作的话，我还应该告诉你如何卖出股票。记住，我在本章中的目标就是一步一步地教你将一只股票变为你银行里的大额现金存款。你已经买入了股票并知道如何进行维护工作，但直到你卖出股票，才算是完成了整个过程。

我们在讨论如何卖出股票之前应该先了解一下为什么你要卖出股票。卖出股票有两个充分的理由：一是股票为你赚了钱；二是如果不及时卖出股票，你会遭受损失。股票市场是动态的，事情总在变化。这就是你做股票功课和监测这些变化的原因。而且，有时由于积极或消极的因素，曾经应该买入的股票现在却应该卖出。不过，有一件事是确定的，卖出股票几乎完全是个人决定；如果你想赚钱，你必须自己作出这个决定。

但由于人们在持有一只股票后就会在感情上难以割舍，所以他们要做到这一点可以说是非常困难。我的口号是"开开心心地持有股票"，但你不能出于非理性的原因而痴迷于一只股票。我们觉得开心是因为投资是一件有趣的事，并且更重要的是，通过投资我们能够赚到大钱。我们并不因为所钟爱的股票价格上涨而觉得开心。股票只是几张纸而已，你不能爱上股票。你不能对股票产生感情依赖。如果你以50美元买入的股票由于公司基本面已经恶化到无法补救的地步而下跌至20美元，你就不能因为想避免投资遭受损失而拿着它不放，想等股价回到50美元才卖出。这是不理智的行为。你应该及时止损，忍痛以20美元卖出股票，然后买入正在上涨的股票。

同样道理，如果你以50美元买入的股票上涨到80美元，那么就应该卖出大部分股票。我知道你已经对这只股票产生了依赖。我知道持有一只让你赚了60%的股票的感觉很好。但是，只有卖掉股票才会带来收益。即使你完全相信股价会涨得更高，你也只有卖掉股票才能赚到钱。如果你不卖出股票，你就太贪婪了。你不必一下卖掉所有股票。记住，我曾告诉你怎样逐渐买入股票；当你卖出股票、落袋为安时，你也应该逐渐卖出。你可以继续持有这只给你带来丰厚收益的好股的一部分，但你应该卖出这只股票的很大一部分以锁定利润。现在，我们面临两个重要的问题：怎样知道何时止损？怎样知道何时获利了结（止赢）？我将分别回答这两个问题。我将从获利了结讲起，因为如果你听从我的建议，完成股票功课并按明智的方法买入股票，你需要获利了结的次数就应该比需要止损的次数多。

按正确的方法获利了结

我总喜欢说，多少钱买入股票并不重要，重要的是以多少钱卖出股票。这话其实只对了一半。当你应该卖掉下跌的股票以及时止损的时候，你以多少钱买入股票并不重要，只有以多少钱卖出股票才是重要的。但是当我们论及卖掉已经上涨并给你赚钱的股票时，以多少钱买入股票就绝对是十分重要的了。假设你以100美元的价格买入了西尔斯控股公司股票，有人以140美元买入了该股票，而现在股价已涨到150美元。你们都相信西尔斯会涨得更高，但你们所处的状况是相同的吗？

绝对不是。以100美元价格买入西尔斯股票的人赚了50%。这已经是巨大的胜利了。他应该抛出大量股票以落袋为安。即使你认为西尔斯会涨得更高，但假如你已经获利50%，我还是建议你卖出股票，至少卖出1/3。老实说，为了锁定已赚得的可观利润，你或许应该卖掉一半甚至更多股票。我稍后就告诉你一些关于获利了结的硬性规则。我只是想用这个例子来让你感觉一下获利了结操作的主观程度。

我们再看看那个以140美元买入西尔斯股票的人。当该股票上涨10美元时，他的收益为7%。7%已经是不错的收益了，但如果你相信西尔斯股票会涨得更高，此时你很可能不愿卖出太多股票。这取决于你是否喜欢进行频繁交易。如果你不喜欢作太多交易，那就一股也不要卖出。但如果你想锁定一点利润，你可以卖掉10%的股票。我在这里要说明的就是，你在卖出股票时，会根据获利多少，采取完全不同的做法。对一只好股票进行获利了结是一种主观行为。

注意，在讲解这个例子的过程中，我一直强调这样一个事实：即这两名投资者都相信西尔斯股票会上涨。如果你认为西尔斯股票会下跌，情况就完全不同了；那就变成你控制损失的问题了，这一点我在后面会加以阐述。现在我们只处理这种情况：就是你的股票已经上涨，并且你认为它还将继续上涨。其实，整个操作需要灵活性，你不应该抱住任何关于获利了结的硬性规则不放。我无法告诉你在股价上升百分之多少后，就卖出1/4的头寸。你要卖掉多少股票取决于两件事：一是你在这只股票上的获利程度（我们已经讨论过这点），二是你认为股价还会涨到什么程度。你应该有自己的看法。你可以通过做股票功课来形成自己的看法。

我也无法向你提供一套严格规则，规定你什么时间应该获利了结，尽管我也希望能做到这一点。不过，我可以为你准备一套导则，只要你按这些导则行事，就能帮你通过最佳可选方案来获利了结。当你计划从一只健康的股票（即你认为会继续上涨的股票）上获利回吐时，应遵循6条导则。第一，当股票价值增加时，你应该设法保持股票头寸规模不变。这里的规模是指头寸的货币价值。也就是说，如果你拥有2 000美元的波音股票（正如我们上一章提到的那样），而股票价格上涨了10%，这样你就拥有价值2 200美元的波音股票。如果发生这种情况，你可以"修剪"——这是华尔街和园艺上的行话——你的头寸。你当初想拥有2 000美元的波音股票头寸，并以大约每股83美元的价格买入了24股。现在波音股价约为91美元，所以你卖掉2股就可以将头寸"修剪"到2 018美元——这与你最初的头寸规模相当接近了。

当股票价值增加时，使头寸规模保持基本不变是一条应该遵循的不错的、普遍的导则。这样做总是能使你不致变得过于贪婪，而这是最基本的。但只有这条导则还不够。我不想让你在股价上涨2%时就卖出那极少的一点点；除非你是在作日内交易，否则不值得将这点利润变现。正如我所说的，如何正确地卖出股票具有主观性，这就是我无法依个人之见告诉你何时卖出的原因。但我其他的导则将使你不致太贪婪，这很重要。

导则二（记住，并非规则）是：你应该为股价上涨设定你所认为的目标价格。什么是目标价格呢？就是你认为股票将达到的价格。这个价格不是最高价，理论上它应该低于最高价。许多人想在股价见顶即股价达到最高点时卖出股票，但这样做很危险，就像玩危险游戏一样，因为顶部意味着股价很快就要下跌。我更希望你是在股价上涨途中获利了结，而不是在股价下跌中抛售股票，眼睁睁地看着你的利润遭受侵蚀。那你怎样设定目标价格呢？目标价格的设定取决于很多因素，但主要应基于比较该公司股票和同行业群体（即与你的股票类似的其他股票）的市盈率和PEG。当你购买一只股票时，通过将其增长率和收益与同业公司股票作比较，你可能会发现该股票被低估了，所以你也可以借助同一行业股票的交易价格来设定目标价格。你也可能因为认为某只股票的赢利预测将被向上修正而买入这只股票。例如，如果你买入一只10倍市盈率的股票，并且该股票每股预期收益为1美元，那么这只股票的价格就应该是10美元。但如果你认为该股票的赢利预测将被向上修正到每股1.5美元，如果这是你拥有该股票的理由的话，由于修正之后股票市盈率不变，但其预期收益更高，你对该股票的目标价格就调整为15美元。那你怎样知道股票赢利预测的变动情况呢？只要你认真完成股票功课，知道公司怎样赚钱，也知道哪些因素会影响这只股票和其所在行业，你就应该清楚地知道股价将如何变动。

前面我曾说过，传统上我们把同业定义为经营相同业务的公司，不过我并不是一个传统类型的人。你不应把对公司的估值局限在业务相同或行业相同的公司当中。你必须了解市场愿意为增长支付怎样的价格。这是什么意思呢？在不同的时期，依据经济状况和其他大趋势，市场对增长的估值是不同的。再次声明，当我提到"市场"时，我实际上只是在谈论那些操纵绝大部分投资并按同样方式思考的少数共同基金和对冲基金。几乎所有管理资金的投资机构都是通过屈指可数的几家投资银行进入证券投资行业的，所以它们都学会了以同样的方式思考。最终的情况是，因为这些机构投资者是市场上主要的买方和卖方，所以价格是由它们设定的。如果你为你的股票设定目标价格，你就要知道这些机构愿意为该股票的收益增长支付什么价格。为做到这一点，你不仅要分析公司传统的同业公司，还必须看看其他行业中具有类似增长率的公司。假如你有一只收益增长率为15%的股票。如果你要设定目标价格，你需要知道市场通常为15%的增长率支付的价格（以市盈率表示）。因此，你要找到大量增长率为14%、15%或16%的其他公司，看看它们的市盈率是多少。这可以告诉你在任一特定时刻市场愿意为增长率相似的股票支付怎样的价格，这应该是你在设定目标价格时需要考虑的另一个重要因素。如果市场愿意为15%的增长率支付每股收益20倍的价格，就对应着20倍的市盈率和1.33的PEG，这样你就知道，你的增长率为15%的股票的市盈率不太可能比20倍高太多。

现在你已经有了股票的目标价格。我们继续使用波音作为例子，在上一章中，我们谈到，以83.33美元的价格买入该股票。假设我们对波音的目标价格是100美元。我们如何处理这个目标价格呢？为解决这个问题需要引出导则三：当股价达到目标价格时，除非你获得了可以向上修正目标价格的新信息，否则你不应该认为股价还会大幅上涨。这条导则很大程度上是基于直觉的。当波音股价达到100美元的目标价格时，你不再相信波音股票还会上涨。它的股价可能横盘整理，可能下跌，但关键是一旦股价达到目标价格，你对股票的看法就不再积极乐观了。那么我们应该怎么办呢？

导则四：当你认为——不是相信，是认为——你持有的一只股票不再会上涨时，你就卖掉它。你不必一次全部抛掉，事实上，这样做反而是愚蠢的。即使这次是比通常的止赢更重大的决定，你仍然应该逐渐卖出股票。逐渐卖出是你绝不能违反的纪律。然而，在股票达到目标价格后你会想更快卖出，并且你不再认为这只股票还有油水可捞，觉得既然股价不会上涨，那就没有理由继续持有股票。还有一种做法，就是坚持等待股价超过目标价格，这是建立在希望之上的投资，或者叫买入并持有策略，而这两种做法肯定都会让你遭受损失。

不过，我们可以假设你拥有一只非常优秀的股票，其公司总是不断向上修正其赢利预测和增长率预测，完全是一派如火如荼的景象；因为新的利好消息层出不穷，你也不断提高其目标价格。对于像这样由于公司不断赢利而股价上限难以确定的股票，你应该何时清仓呢？首先，参照导则一：修剪你的头寸使其美元价值不超过你想拥有的数量。如果股价持续上涨，你就要不断修剪。如果波音公司表现非常好，以至于唯一合理的目标价格是160美元，而这几乎是你在上一章为其支付的价格的两倍，这时你不应该让你投入的2 000美元在股价上升过程中变为4 000美元。你应该修剪头寸，逐渐获利了结，这样，当波音公司股价达到160美元时，你就只有12股、价值1 920美元的波音股票，与你最初的核心头寸的规模差不多。

但是只有导则一还是不够的。你还需要知道什么时候获利了结，这正是导则五的内容。这条导则是个大杂烩，它告诉你什么时候你正变得贪婪。如果你拥有一只上涨了10%的股票，而你却一点儿也没卖出，你就开始贪婪了。如果你有一只上涨了20%的股票，而你却没有卖掉相当数量的一部分，你很可能就贪得无厌了。如果股价翻了一倍，即股价比你买入时上涨了100%，只要你仍然相信这只股票，你就应该卖掉一半的头寸，并用赚来的钱继续投资。我希望能够给你一组可以直接使用的数字，但事实是，尽管买入股票是一门科学，而卖出股票更多的是一门艺术。

所以，我要提出导则六，这是指导你卖出已经给你赚了钱并且你认为还会上涨的股票的最后一条指导原则。你应该一直渴望落袋为安。许多人对卖出股票抱有错误的态度。他们想看看他们的股票能涨到什么程度。这是不守纪律的表现，会让你遭受损失。正如我前面所说，当你尝试进行明智的投资时，击败你的直觉就是成功的一半。如果你买入股票后股价上涨了7%，而你不能决定是否应该获利了结，在卖出和持有这两种决定之间实在是很难抉择的话，那么我会直接投出决定性的一票：卖出一部分股票。

有了这6条导则，你应该能够按正确的方法获利了结，并将赚到的钱带回家，存入银行。我知道不厌其烦地讲这个话题似乎有些荒唐。你已经赚到了钱，我为什么还要把时间花在谈论如何卖出已经上涨的股票上呢？

我来告诉你原因：没人思考过这个问题。正如别的任何事情，这需要一点思考，需要一种可靠的方法。当股价上涨时，你仍然要作出关于如何处理股票的决定，而我想给你提供一些导则，以使你更容易作出决定。即使一切顺利，并且你还持有为你赚了很多钱的好股票，我也不想让你觉得孤立无援。

及时止损

我并不是完美无缺的，我挑选的一些股票可能会造成损失。所以你应该知道手中的股票是否是坏股票，以及如何处理坏股票。可以通过许多不同的方法来识别会造成损失的股票。你每周都做维护工作，这样你就在监测所有影响股价的因素。如果情况改变——情况总是在变动的——以致股票价值减少，你就应该卖出。即使股价下跌，低于你买入的价格，你也必须卖出这只股票。

如果你最初买入股票的理由不再成立，或者情况发生变化，你很可能需要及时止损。我们继续用波音这个例子来作具体阐释。我们在上一章中以每股83.33美元的价格买入了波音公司股票，理由是航空工业处于上升期，用非专业的语言来表达就是：由于要更换旧飞机，所以航空公司下了许多购买新飞机的订单。我们的理由是，波音公司的强大竞争对手空中客车公司的情况十分混乱。现在我们假设空中客车公司开始理清头绪，重整旗鼓，并开始从波音手中夺取市场份额。你可以通过完成股票功课，阅读关于波音及其唯一竞争对手的报纸文章来了解这些情况。不走运的是，其他所有人也会知道这一切，而波音股票将遭受打击。

由于空中客车公司对波音公司造成的不利消息的影响，波音公司股价可能跌到75美元。你的初始投资亏损了10%。你应该止损吗？如果你最初的想法基本上是波音将狠狠打击欧洲的空中客车公司，但突然空中客车公司开始反击波音公司，如果这样，尽管损失了10%，你最好还是及时止损。这是止损的第一条规则：如果你买入一只股票的理由不再成立，就认栽出局。记住，你必须能够向一位完全不懂股票或商业的普通人解释清楚你为什么喜欢这只股票。如果你购买该股票的理由已经消失，你是做不到这一点的。

然而，有时候事情并不是这么简单明了。可能有不利消息使股票遭受打击，并且股价下跌到过低的水平。波音公司股价可能受到不利消息的打击，下跌得太厉害，但此时股价已经蓄势待发，准备随时反弹了。如果你正确地完成了股票功课，你应该能够获得对股票造成损害的各种最新信息，并将其与你掌握的其他各种资讯结合起来考虑。这样你就能对股票的发展趋势有一个清晰的认识。但是你必须迅速行动。

当股票遭遇坏消息时，分析师通常将向下修正他们对这只股票的赢利预测，并下调对该股票的评级。他们经常在股票已经大幅下跌后下调评级，而这将继续推动股价下跌。如果你的股票发生了一些确实很糟糕的事情，你应该在股票评级被下调前及时止损。相信我，与卖出受分析师下调评级影响而下跌10%的股票相比，你肯定更愿意卖出只下跌5%的股票。但是消息有多坏才算坏消息呢？如果公司降低了指导目标——这只是公司赢利预测的代名词——这就是坏消息。如果股票有分析师关注的话，坏消息就是一种将会导致一连串评级下调的事情。你应该抢在这一连串事情发生之前及时止损。

你可以在《克拉默投资真经》这本书中找到"交易十戒"和"赖以生存的25条投资守则"。无论你怎么想，其中一些守则告诉你应该何时止损。例如，第19条守则是：当公司高管没有充分理由突然离职时——家庭原因不是一个充分的理由，因为这些人是职业驱动的工作狂，他们通常并不关心家庭——这说明公司很可能出了问题，此时你应该卖出该公司的股票。如果你不确定坏消息的严重程度，对是否该卖出股票来止损没有把握，那么就请参考这条守则。

正如获利了结一样，你应该积极面对及时止损。你应该倾向于及时卖出股票。任何时候市场上都有数以百计的好机会，也有许多能够给你赚钱的好股票。为了买入你更有信心的股票而及时止损，卖掉出现问题的股票对你来说总是更好的选择。我知道卖掉下跌的股票绝对不好受，但是投资不是为了感觉舒服，投资是为了赚钱。相信我，如果你卖掉亏损的股票——即使只是出现轻微亏损——并用具备更好的上涨理由的股票代替它们，你会感到更加开心和舒适。以这种方式你将赚更多的钱，而且还不会让你因股票亏损感到不堪重负。我这样说只是因为所有人都想握着他们的股票不放。他们想拿着赚了钱的股票不放，也想拿着亏了钱的股票不放，这两种做法都是不明智的。如果你想取得良好的投资业绩，如果你想将买入的股票转变为利润，你就必须承认这种非理性，并控制住自己，与其斗争。

JIM CRAMER'S
MAD MONEY

第五章

"闪电问答"
——你也可以做到

所有人都认为我节目中的"闪电问答"环节一定是预先安排好的。对于任何一位正在阅读本书，同时从未看过我节目的读者，首先我想问你：平时下午6点、9点以及午夜时分你都在做什么？其次我想问的是：是不是这本书的封面设计太棒了，所以你即使从未看过我的节目也希望先睹为快？但是如果你愿意提神醒脑，可以看一下"闪电问答"，这是我每次在节目中用10~15分钟来考验自己的一个环节。在节目里，我飞速地接听接连不断的电话，人们可以在电话里询问我关于任何一只股票的情况，只要是CNBC频道的律师允许在电视节目中公开谈论的。其实，在这个环节开始前，我对于将被问到哪些股票一无所知。记得创纪录的一次，我在一轮"闪电问答"里回复了大约关于40只股票的问题。你打电话进来，我直截了当地告诉你是该买入还是卖出。

　　不夸张地说，现在纽约证交所和纳斯达克市场的股票多达几千只，而每天晚上我都会被随机问到其中的20只股票甚至更多。所以，人们觉得

"闪电问答"有人为操纵嫌疑是很正常的。我怎样对几千只股票作出判断？这根本就是不可能的，不是吗？可以说这是不可思议的。没有一个凡夫俗子能够了解所有这些股票——这似乎是人们的普遍看法。

不过，我的确了解所有的股票。我不能说我对它们中的每一只都了如指掌。既然所有人都认为"闪电问答"是个把戏，我会用佩恩和特勒[①]的风格告诉你，我在每个晚上的节目中是怎么将它们搞定的。我会告诉你，当我听到电话中问起某只股票，到我必须告诉你我的判断这短短10秒钟之内，我都想了些什么。

接下去你将了解我是怎样思考的。我不但要告诉你我做了些什么，还要告诉你我是怎么做到的。实际上，我有3个上不了台面的小秘密，一旦我告诉你它们是什么，你就能完全明白我是怎样完成"闪电问答"的。我希望让你知道，你也有能力完成。

首先，我想与你分享我的秘密，接下来我会告诉你，怎样像我那样去解读每只股票。这里，我并不是向你许诺，你真的能够完成一个克拉默风格的"闪电问答"。从某种程度上说，我可以算个异类，因为我真的不应该有能力记住所有这些股票。但是如果你能够像我那样出色地把它们印在脑中，那么恭喜：你超越了你自己。不过，即使你不能像我一样完成"闪电问答"，并不意味着你不能逐步接近我的水平。完成你自己的"闪电问答"的真正好处还不只上面这些。如果你能把它运用娴熟，别人会觉得你非常聪明。你希望完成你自己的"闪电问答"，是因为它为你做好有关股

---

① 美国一对才华横溢的魔术师搭档，他们在拉斯韦加斯进行现场表演，同时也主演了Showtime系列节目。——译者注

票和行业的功课提供了一个有趣的方法。这不仅是一个让人快乐和兴奋的游戏，它也是具有教育性的。这个游戏会激励你去了解股票，并乐此不疲，因为这不单纯是为了赚取更多的钞票。它会使你的技巧越发娴熟，而这正是我想要看到的：我想要让炒股变得有趣，因为当你乐在其中的时候，你会更加专注，而更加专注通常意味着赚到更多的钱。但是在我告诉你该如何完成"闪电问答"之前，我要让你知道，我是如何着手做我自己的"闪电问答"的，这是因为，你的方法和我的方法之间会存在小小的差别。

那么，从观众打进电话并告诉我他的股票名称，到我向他提供建议之间的这几秒钟我都想了些什么？说实话，我想了很多事情。在"闪电问答"中，我的方法变得更加系统，因为我没有那么多时间。当我刚一听到观众所说的股票名称，我就开始在头脑中过清单。我前面说过，一只股票所处的行业决定了该股票一半的走势。所以，当我在"闪电问答"中听到你的股票名称时，我首先去考虑的总是：这只股票属于哪个行业？因为这是我的职业，所以我对每个行业都有我自己的看法，尤其是结合当前的经济形势以及经济的未来走势。这使得我作起行业分析来，可以如闪电般迅捷。我一听到你想要了解的股票名称，判断出它所处的行业，然后我就需要回答有关这个行业的某些问题。

首先，也是最重要的是，我是否看好这一行业？如果你问的是一只石油股，并且我也非常看好石油股的话，我马上就意识到，我看好这个行业，而且很可能看好这一行业的所有股票。我不需要去考虑这个行业的情况如何，因为我对该行业的情况早已了然于胸——这就丝毫不花费时间了。而如果你问我的是一家航空公司或者美国汽车制造商的股票，而我不看好这个行业，那么，我连想都不用去想，就可以判定这只股票也一样"差劲"。因此，如果你给我一只股票让我判断，而它所处的行业是我不看好的，那么多数情况下，我会建议你卖出。有些行业，无论在什么情况下，我都不看好。比如，过去10多年来，我对航空业始终没看好过，而这些年中，我的看法始终是正确的。只是在近期，我才开始看好航空业，因为许多航空公司破产，这使得幸存者得以从中获利。那些我骨子里抵触的行业，不论是哪种行业，从本质上讲，都是过分依赖价格进行竞争的。

在这些行业中，企业难以通过提高价格来获取更高的收入，因为它们的产品与竞争对手的产品实质上是可以互相替代的。如果提价的话，就会被价格更低的竞争对手抢走生意。超市就是一个这样的例子，所以超市通常将毛利率压得很低。如果你来电询问某个超市的股票，我会建议你把它抛出，并且以后也不要去考虑购买超市的股票，除非是像全食公司那样处在利基市场①中的高增长型企业。此外半导体产品公司，那些只从事计算机芯片生产而不进行设计的公司，存在同样的问题——过度的竞争必然压低价格。许多零售企业也都处于这种状况，另外美国的汽车制造商在很多时候也是如此。

但是假如我对某行业既不看多，也不看空，该怎么办呢？假如我的看法很中庸，那该如何是好呢？在这种情况下，我会在极短的时间内问自己一整套关于该股票所处行业的其他问题。我需要知道：这是一个增长型行业，还是一个单纯依靠市场占有率的停滞型行业？增长型行业作为经济的

---

① 利基市场是指企业选定一个很小的产品或服务领域，集中力量进入并成为领先者，通常是被市场中的统治者或有绝对优势的企业忽略的某些细分市场。——编者注

一部分，整个行业都在增长。例如，搜索引擎广告行业就是一个增长型行业。无论谷歌还是雅虎，它们都能够实现收入增长，因为互联网广告的市场是不断扩大的。而一个单纯依靠市场占有率的停滞型行业，例如超市行业，一国所需要的超市数量是有限的，而且基本上都已经建立起来了。在一个停滞型行业，实现公司增长的唯一途径是从竞争对手那里争夺市场份额，因为市场已经没有建立新超市的空间了。一般而言，你最好持有增长型行业的股票。就我本人而言，多数情况下我会毫不犹豫地放弃停滞型行业的股票，这样做乃是明智之举，因为在"闪电问答"中，我根本来不及多想。

现在来看看，假如你问我的是一只属于增长型行业的股票。在我以诚挚的态度告诉你是买还是抛之前，我需要回答一系列的其他问题。如果你的股票属于增长型行业，我要了解：这只股票的增长是否和整个行业的增长一样强劲？如果这只股票的增长率为15%，而整个行业却增长了20%，那么我是不会青睐这种股票的，因为如果该公司的增长低于其他同业公司，就意味着该公司业绩不佳。而假如某家公司通过了"增长测试"，公司的增长与行业增长并驾齐驱，或者高于行业增长，就需要将它和其他同业公司进行比较。我需要了解同行业其他公司的市盈率是多少（请记住，市盈率是我们评价股票的最基本方法）。如果某公司的增长率超过其竞争对手，但市盈率较低，那么该公司股票的赚钱机会是十拿九稳了。

你可以看出，我在"闪电问答"中对待这些股票采用的是排除法。只要我掌握了足够的信息来决定是买入还是抛出，就可以接着回答下一个问题了。但是假如我没有明确答案，我就必须继续思考关于这只股票的问题。

如果这只股票不是首选股（增长率高但市盈率低于同业公司）——大多数股票都不是首选股——那么我就需要继续思考。如果这只股票的市盈率高于行业水平该怎么办呢？这会带来一些困难。我需要知道该股票是否是最佳品种。如果是最佳品种，那么它市盈率较高也是物有所值；如果不是，它的市盈率就过高了。那么在"闪电问答"中，我是怎样确定某只股票是否是最佳品种的呢？行业的数量是有限的，而每个行业中只有一两家公司能成为最佳品种。在任何时间，对于每个行业的最佳品种，我都有所了解，也就是说，如果我听到某只股票的名称，并且我认为它是最佳品种，那么我就不必再花时间来比较它与竞争对手，因为我之前就作过比较，而且已经有了答案。因此，如果某只股票属于增长型行业，市盈率较高，但属于最佳品种，我会建议你买入。如果某只股票市盈率高出行业平均水平，且增长率平平，我会建议你卖出，并买入最佳品种的公司。"将表现平庸的股票换成最佳品种股票"，这是我时常说起的一句话。

还有些情况需要讨论。某只股票可能属于增长型行业，而且比竞争对手表现得更好，但现在就投资这个行业也许不是时机。在我向你推荐股票之前，我需要了解这只股票所处的行业是否容易受到经济波动的影响。还记得我告诉你，在做股票功课时，你必须搞清楚哪些因素会影响到股票所处的行业之后才可以买入股票吗？同样，在"闪电问答"中，我需要确定这些因素不会对这个行业产生负面影响，之后我才能建议你买入。有许多行业受原材料成本的影响非常大。如果"树脂成本"（华尔街对塑料成本的叫法）比较高，那么任何一家采用塑料作为原材料的公司的股票都应卖出。化工企业使用大量的天然气做原料，当天然气价格走高时，就应该抛出这些公司的股票。如果某行业需要大量的铁或铜做原料，而这两种原料的价格攀升时，我也会建议你卖出该行业的股票。在我写作本书时，我们处于一个商品价格高企的环境中，所以我建议大家，卖出那些靠较低的商品价格赚钱的行业的股票。如果商品价格开始回落，我就会建议大家购买这类股票。

要是在"闪电问答"中，我的思考过程就到此为止，那就好了。实际上还有很多因素要考虑，有些我在回答之前都来不及去想。如果我要建议你买入、卖出或者先静观其变地继续持有某只股票，我需要了解你的股票所处行业是受美联储的影响比较大，还是受"金砖四国"的影响比较大。"金砖四国"指巴西、俄罗斯、印度和中国。在我的上一本书《克拉默投资真经》中，我绘制了一张图（第99页），描述了我们如何基于商业周期买卖股票。现在我正在修改这张图。我认为当时我做得不太完善，因为我未能将世界上一些新的发展状况涵盖进去。修改后的图在本书的后面部分（见198页）。我曾说过，某些行业如何受到美联储的影响——当美联储调高利率的时候，金融股，比如银行发行的股票就会下跌，接下来，传统重工业的周期性股票也会应声下跌，比较典型的例子是英格索兰公司和3M公司。如果从周期性来看，目前你的股票所处行业不是好的投资时机的话，我会建议你卖出股票，而且越快越好。在我的上一张图中，出现了这样一个小问题：一些我曾认为会受美联储影响的工业股，实际上与"金砖四国"的关系更为密切，因为这些公司生产的工业产品出口销往巴西、俄罗斯、印度和中国。

总体而言，过去的几年中，在上述四国开展业务的公司比其他公司更多地受到经济波动的影响，这是因为：这四个国家正处在高速经济发展进程中。如果我们讨论的是周期性行业（在经济增长阶段，该类行业运行良好），那么经济的高增长无疑会推动周期性的工业股。由于上述国家经济增长步伐强劲，所以在"金砖四国"开展业务的周期性公司也都大赚了一笔。我并不是说与"金砖四国"有关的股票总是比一般股票更有投资价值。10年、20年之后，可能都没人记得"金砖四国"是怎么回事了。而在那之前，可能会不断有这样或那样的原因涌现，使得与"金砖四国"有关的股票的价值低于那些和"金砖四国"毫无关系的股票：巴西经济可能会放缓，中国也许会不断提高利率，无法判断俄罗斯会发生什么意外事件，而印度可能会和巴基斯坦发生一场核战争。

目前，许多基础设施公司，如福陆公司、福斯特惠勒公司等，都与"金砖四国"有关。一些在"金砖四国"有营销业务的公司，如艾默生电气和联合技术公司，目前受美联储的影响比过去有所减弱。所以如果你突然问我一只这类股票，只要我了解这家公司在"金砖四国"有多少业务，我就可以少考虑些我们国内商业周期的情况。这并不等于说这些公司丝毫不受到美国的商业周期的影响，但是与5年前相比，这种影响已经大为减弱。比如说，如果美联储提高利率，那么相比那些和"金砖四国"没有关系的工业股，上述这些股票受到的冲击将会比较小。尽管美联储对它们而言依然重要，但相比过去，这种重要性有所降低。我在"闪电问答"里建议你买入、卖出还是持有某一股票时，我总是会考虑这一点。通常我头脑中能马上反应出一家公司与"金砖四国"的业务关联，而对于你而言，花几分钟用电脑找到相关的信息也不是难事。如果你登录美国证券交易委员会网站、雅虎财经或TheStreet.com，你能够找到任何一家公司的季报和年报。大多数工业股在上述报告中，都会按区域（通常是按国家）给出销售额的明细。几乎所有的工业股在其收益报告中都包含区域销售额明细。这些报告为你了解某只工业股对美联储和"金砖四国"的依赖程度提供了依据。

此外，针对一些行业，我还有些小窍门可以派上用场。银行业就是一个很好的例子。假如你打电话咨询一只银行股，我可以告诉你：当银行股票市值低于账面价值的2.5倍时，意味着这家银行很有可能被收购。账面价值是指银行拥有的现金数量，也就是资产减负债。如果银行的账面价值是10亿美元，而该银行的股票市值为20亿美元，那么，该银行的股票价值就是双倍于账面价值。这是为银行估值的一个最好方法。银行其实就是资产和负债的总和，或者，说得通俗些，是银行的贷款加存款。我之所以了解银行的收购价格通常为其账面价值的2.5倍，是因为我始终密切关注银行业所有的并购活动。因此，当你打电话咨询银行股时，我会迅速通过电脑了解这家银行的账面价值，并且在一两秒钟内判断出这家银行是否会是一个潜在的被收购的目标。当然，你自己也可以完成这个过程，你可以通过雅虎财经找到相关信息。这样，你就不必打电话问我，你所持有的银行股会不会成为被收购的目标，你自己看一下股价净值比就知道答案了。其实，银行的收购价格并不总是等同于账面价值的2.5倍，但是正像我的其他窍门那样，这个数字是很容易计算和掌握的。你只需像我那样关注银行业的各种并购案，了解在银行收到并购出价之前其账面价值为多少，你就会发现，并购出价总是低于某个特定数字，这个数字你就可以用作参考。

在具体分析个股之前，我还需要再问自己一个有关行业的问题。有些行业取决于政府支出规模。比如很多医疗保健公司，其大部分收入都来自医疗保险和医疗补助计划。其他一些公司，比如卡特彼勒公司，其收入的多少取决于国会在联邦高速公路议案上的支出。这种支出并不是每年都会有的。此外，国防工程承包商的收入，同样与政府开支密不可分。虽然有些时候，这些政治方面的因素对我们来说并不重要，但是在选举年，谁会当选总统将直接影响你的投资决策（买入/卖出某些行业股票）。如果你认为民主党会在国会选举中胜出，那么我极有可能建议你卖出国防工程承包商的股票，因为除了用来保护国土安全的支出外，民主党一般会削减其他一切国防开支。与此同时，对任何依赖医疗保险和医疗补助计划赚钱的公司进行投资都是一个不错的选择，因为你完全可以假设，未来政府会增加这方面的开支。

以上就是我在"闪电问答"中所作的行业分析，在听到你关于股票的询问后大约3秒钟就完成了。完成行业分析后，我还有3秒钟时间来了解股票本身，再往后，我几乎就要超时了。如果经过分析，确定某个行业值得投资，那么我会查看股票价格。这里，我用的方法就像"猜价格"游戏。如果我认为市场将会更热，如果我认为股价不太可能下跌，如果我认为这几乎是你能买入该只股票的最低价格，那么我就会给你"买入"的建议。然而也许我们正置身于一个动荡不定的市场，股价较高，在这种情况下，我会建议你等到股价下跌后再买入，这样你就能够以较低的价格买到股票。或者，如果我预计股价会下跌，但是对此并没有足够的把握，那么我很有可能建议你先少买一些，等到价格进一步降低之后再补入。

现在我还剩大约1秒钟的时间。在作出最后的判断前，我还要考虑几点因素。我需要知道：是否存在一些因素，使股价与公司的实际经营状况背道而驰？类似这样的情况是很常见的，这也是我们能够从市场上获益的原因。从某种意义上说，股票只能反映公司的部分情况，二者并不总能保持一致。如果你来电询问某只股票，而该只股票所处行业将会有大量股票首次公开发行（IPO），那么我很可能建议你卖出手中的股票，理由是：当一个市场充斥着很多新公司，并且这些新公司所从事的业务与你所投资的公司是相同的，那么就意味着该行业会增加大量的供给。这是一个基本的经济学问题：当某种类型股票的供给增加时，该种股票的价格就会随之下降。这就是如果同行业中将会出现大量股票首次公开发行，我会建议你抛出股票的原因。（2006年，当我发现美国市场上出现了许多新发行的乙醇新能源公司股票时，我就果断地卖出了手中的股票。）如果我认为，某个行业的竞争企业将会发布收益下降的公告，我也会建议你卖出股票，这一点对于科技股尤其重要。任何时候，只要是从事类似业务的公司发布收益下降的公告，除非该公司直截了当地表明收益下降是来自某个特定企业的竞争压力的加剧，否则同行业的所有股票都会受到冲击。尽管在很多情况下，一家公司出现问题意味着其他公司会从中获益，但这个规律在短期内并不管用。因此，如果我能预见到在不远的将来同业竞争企业的收益会下降，我会建议你先不要买入，等到相关公告发布后再考虑买入。

还有几件事是我在回答"闪电问答"中的来电时要努力牢记的。如果我知道某只股票严重卖空，那么我更可能建议你买入。许多打进电话的人关心的是已经上涨很多的小公司发行的投机股。比如说，汉森天然饮料公司，这家天然饮料公司的股票在2005年和2006年出现了大幅上涨。这些投机性更强的股票处在严重的卖空状态——请记住，所谓卖空就是你借入某家公司的股票，然后卖出，接下来如果你操作得当的话，以更低的价格将它们买入并归还。你的利润来自之前卖出股票的价格与后来低价买回之间的差价，卖空实际上就是赌某只股票会跌。我不推荐被严重卖空的股票，因为我本人不喜欢卖空。我推荐该类股票是因为严重卖空的股票对于轧空①来说时机恰好。有一些华尔街的行话确实能够实实在在帮助你赚到钱。当很多人争先恐后地去卖空时，就会发生轧空，接下来的一些利好消息会进一步抬高股价。空头们出现恐慌，他们为了回补空头仓位，就必须买入股票，而这种恐慌性购买会继续推升股价。

如果我认为你咨询的股票肯定会被研究它的分析师升级，我很可能会推荐你买入这只股票。而如果我认为它降级的条件已经成熟，我更可能建议你卖出。那么我怎样知道某只股票未来会升级还是降级？我不会违规去获取内幕消息，我讨厌内幕消息，因为这是非法的，而且会使人变得懒惰。如果你看看伊凡·博斯基——20世纪80年代靠内幕消息炒股的大亨之一，以及电影《华尔街》中戈登·盖柯的神奇表演，你就会知道，这类人一旦没有了内幕消息，就会变得一塌糊涂，因为对他来说，内幕消息已经成了投资的拐杖。我是不会去玩这种游戏的，不过，我会和分析师玩游戏。大多数华尔街分析师都不怎么有创意。

不错，分析师们都相当聪明，不过他们的思考方式雷同，而且他们不善于承认错误。比如说，2004年，有6位分析师同时对谷歌的股票作分析，

---

① 轧空是指被卖空并预计价格会下跌的股票价格反而上涨，因而卖空者不得不平仓止损。为此，他们必须买入被卖空的股票来对空头头寸平仓。这就使得股价进一步上涨。——译者注

其中5位分析师给出的评级是"卖出",只有一位分析师给出的评级是"买入"。这就是说,5名分析师都认为谷歌的股票会下跌,只有一名分析师认为该股票会上涨。接下来的三四个月中,谷歌的股价翻了一倍,意味着5名分析师作出了错误的判断,只有一名分析师是正确的。作为投资者,在多数情况下,赌分析师们要做什么并不是一件难事。由于谷歌股票翻番,这5名曾建议你卖掉的人都会调高谷歌股票的评级,这也就是他们保住脸面和承认错误的方式。请记住:几乎所有的分析师都接受过同样的培训,因此,他们的思考模式也是相同的。分析师调高谷歌股票的评级,不是出于他们认为这只股票会走高,他们只是想为错误预测遮遮羞罢了。他们试图表明,即便他们曾经看错了这只股票,可现在他们终于看对了。然而在多数情形下,他们可能又看错了。

虽然如此,分析师的行事方式还是为我们提供了一条经验法则,我在"闪电问答"中时常用到它。如果分析师对某只股票持否定态度,但该股票出现上涨,那么分析师会调高这只股票的评级,进一步推升股价。反之,如果分析师对股票持肯定态度,但该股票大幅下跌,那么分析师会将股票降级,使股价进一步走低。此外还有其他一些因素会影响分析师的预测,如果你的动作比分析师们快一些,那么你就可以从他们对股票的升级和降级中赚钱。以英格索兰公司为例,这是一家实力雄厚的工业制造公司,该公司季度公告显示收益好于预期,同时提高了该年度的赢利预测。如果有五六位分析师对该公司的股票持否定态度,并曾作出过"卖出"的评级,这时,这些分析师就会转变立场,调高对该股票的评级。但是他们之中不是每个人都会在公司季报刚一出炉就马上这么做。其中一些人也许会再坚持一阵，继续保持"卖出"评级。但是这些人看错了，最终还是不得不调高评级。而当他们调高评级后，股价就会进一步走高，因为分析师是可以影响股市的。作为投资者，你可能有时把握不住乐观季报出炉和分析师调高评级之间的时间差，但是当我在接到的咨询电话中发现这样的机会时，我通常会立刻抓住这个机会，并且推荐你买入。总体而言，只要我认为分析师有可能会调高或调低股票的评级，我就会在"闪电问答"中将它作为一个考量因素。

从听到你说出股票代码到现在，我可能只剩下最后0.1秒去思考了，可是在建议你买入、卖出或者继续持有（我很少这样建议）股票之前，有一件事情是我需要考虑的：公司的管理层怎么样？如果我看好这家公司的管理层，并且该公司的股票也通过了之前的各种"考验"，那么我会建议你买入。假如我不看好这家公司的管理层，则我对它的股票就会有负面印象。尽管人们很难对一个好的管理层的价值进行量化，但是我认为其价值无论怎样估计也不为过。如果不了解公司管理层，但是看好该公司所处的行业，并且公司股票看上去成长性和前景都不错，那么我很有可能建议你购买其他公司的股票。这是因为，即使公司看上去还不错，如果我对管理层一无所知的话，那么通常情况下我不太愿意向你推荐这家公司的股票。此外，还经常会有这种情况：相同行业有一只类似的股票，这只股票与你关注的股票有同样的甚至更好的成长性，并且我确实了解也看好这家公司的管理层，那么我会建议你买入这家公司的股票。

以上就是我在"闪电问答"中向你作出买入、卖出或持有的建议之前所做的分析工作。整套分析需要10秒钟。如果你只花费了10分钟就读完了整个流程，那你的速度够快的。如果有人告诉我，他们能用10秒钟完成上面的分析，我即使不完全怀疑也会有些不能相信。说了这么多，你可能会认为我是个超人，或者是个谎言家，要么是个说谎的超人，竟然能够在如此短的时间内搞定这么多的工作。我想说的是，你抱着怀疑的态度是正确的，从来没有人能够通过轻易相信别人而发大财。但是由于现在我的信誉面临危机，也由于我认为你也可以完成你自己的"闪电问答"（如果你愿意付出努力的话），那么接下来，我会告诉你我是如何做到在几秒钟内完成通常需要半个多小时才能完成的详尽分析。我有3个很重要的秘密——3个技巧，是它们使得我能在这个游戏中遥遥领先。下面我将与你分享这3个秘密，这是我第一次公开它们。

我是如何玩转"闪电问答"的：3个秘密

我将为你展示《克拉默投资真经2》这本书"鲜为人知的一面"，也就是关于我自己的小秘密。

第一个秘密：我投身股票行业已经20多年了，起初作为经纪人，后来是理财顾问，再后是记者，并被称为所谓的"投资导师"。在20多年间，我接触过许多只股票；在电视台做"闪电问答"环节时，投资者询问我的很多只股票，甚至可以说大部分股票，都是我自己曾经持有过的。这样就可以不断积累经验，经验也就越来越丰富。再者，我还一直为CNBC频道、《投资真经》广播节目和TheStreet.com进行专业性的市场跟踪；在TheStreet.com，我还运作Action Alerts PLUS投资组合，这个组合也是我的公益信托，因此，我得拥有领先的能力。知道该看多哪些行业，该看空哪些行业，这是我的工作职责所在。同样，了解公司管理团队的优劣，预计什么时候会出现轧空或股票升级，知道哪些股票是最佳品种，帮助你运用这些信息来赚钱，也都是我的工作职责所在。也就是说，在"闪电问答"环节中，即使我并未提前得知会被问到哪些股票，但是很多这类分析我早就已经作过了。

当然，我知道，这些并不能解释所有问题。我有意让上面的第一个秘密不那么"令人满意"。现在，我要揭开我的第二个小秘密，这是我羞于启齿但又狂热痴迷的个人爱好。股票不单是我的工作，也是我的嗜好，就像有些人迷恋高尔夫，有人酷爱饮酒一样。我收听公司季度电话会议的痴迷程度一点也不亚于棒球迷观看比赛。即使我的投资没有风险，即使我不需要主持电视节目，我仍然会关注所有这些股票的走势，因为我就是乐在其中。也许你会认为，我对这些股票的强大记忆力有些匪夷所思，但是你难道身边没有个把朋友、熟人，他们对有关棒球比赛的各种情况如数家珍？你是否曾经有过那种朋友，他们能清晰地告诉你职业棒球联盟中每位投手的防御率？我对股票的记忆力和这些有点相像，并且我认为把股票投资和体育比赛作比较是相当贴切的——市场上有数千只股票，而美国有1 000名左右的职业棒球手。美国联盟有14支球队，国家联盟有16支球队。根据每年的赛季安排，每支球队的球员人数为25名或40名。这样算来，全美有多达1 200名棒球手。我可以肯定，对美国联盟和国家联盟的每位球员都了如指掌的球迷数量不会很多（可能没有人能做得到），同时我也肯定，那些铁杆棒球迷对很多棒球手的情况都能做到如数家珍。相似的，我对股票也是如醉如痴。在节目中，对于CNBC频道允许公开讨论的几千只股票进行密切关注，对我来说，并不是一件困难或烦心的事。我知道，尽管这个小秘密可以帮助解释我早已提前进行过这样的思考和分析，但它所提供的理由可能还是无法让你完全满意。不过，再用一下棒球运动的例子：假如你是一个棒球迷，难道你不会对纽约扬基队的经理乔·托瑞有自己的评价？难道你会不了解最伟大的棒球球员之一巴里·邦兹在你心目中的形象？因此，我能玩转"闪电问答"，很大程度上是因为我是一个"股市粉丝"。

除以上两点之外，还有第三个小秘密使我对"闪电问答"游刃有余。但这绝对不是采用作弊的手段，事实上，第三个秘密——这件事貌似艰深，但其实不然——在于你不必为获得对某只股票的评价而花费精力了解该股票的所有细节，你也无须对某只股票了如指掌之后才能对其涨跌进行正确判断。你需要了解的全部内容就是：这只股票属于哪个行业，以及它在行业中处于什么位置。你关注的可以是医疗保健股、钢铁股、石油股、交通股，也可以是科技股、银行股或汽车股，如果你知道一只股票属于哪个行业，并且你对这个行业有着自己的判断，那么你自然就会对这只股票有自己的评价。曾经有人对股票走势进行了学术性研究，发现：一只股票走势如何半数情况归因于该股票所处的行业。这个成果令研究投入的时间和金钱没有白费。而我本人的市场投资经验也证实了这一点——一只股票的表现如何，50%的因素取决于它所处的行业。你觉得有道理吗？

现在，假设在"闪电问答"环节中，你打电话进来问我一只我不太熟悉的银行股。我对这家银行的具体情况了解并不多，这只股票我也很少有所耳闻。但是我知道这是一家银行，也就是说它的赢利模式和其他银行一样，都是通过提供贷款获取利差收益。我不了解此例中该家银行的首席执行官或首席财务官的情况，我也不知道它的增长率和市盈率是多少，但是我知道它是一家银行。那么，我在"闪电问答"中能否给你提供好的建议呢？答案是肯定的。记住前面提到的"50%"——一只股票的走势如何有50%的因素直接取决于该股票所处的行业。因此尽管我对这家银行所知甚少，但不论在银行股上涨还是下跌的情况下，该家银行遵循这一行业总体走势的概率是非常大的。

除去上面谈到的要点外，我还要了解一个情况——我需要确切地知道银行的发展趋势。假设美联储将提高利率，这意味着银行吸收存款的利率将会提高，同时银行也会提高贷款利率以保持赢利，这样，银行的贷款规模将会减小，因为人们都不愿意承担高利率。好了，这说明银行股将走弱，是吧？所以现在我对银行业有了一个判断，我认为银行股会走低，因为我们已经看到了许多次加息。所以，当你咨询我这只银行股该买还是该抛时，即使我对该银行的了解并不太多，我也会信心满满地告诉你"卖出"。

在以上情形中，我向你提出"卖出"的建议时不仅信心十足，而且建议通常也是正确的。假如所有银行都在走下坡路，假如整个行业不景气，那么通常来说，你所持有的此类银行股将会有50%的下跌可能，而且会跌得很惨。这一点请始终牢记。即便你的银行股是世界上最好的银行发行的，那它也只能掌控自己大约一半的命运，另一半还是由行业来掌控。假如整个银行业严重不景气，那么除非你所关注的银行是有史以来最好的银行，有着最杰出的管理团队和最富创新性的商业模式，否则，它也注定难逃劫数。不过，如果这家银行是这个星球上最好的银行，那么我想告诉你，它不会是那种鲜为人知的、我从来都没有听说过的银行；相反，这家银行应该是很多人注目的焦点，它的股票应当是我相当了解的。从这点上说，鲜为人知的股票不大可能是最佳品种。

如果说"闪电问答"的背后隐藏着什么"伎俩"，那无疑是最重要的一个"伎俩"：我可以告诉你某只股票的走势如何，前提是我对行业有正确的判断，而我对行业的判断通常都是正确的。我已经预先对所有的行业进行了分析。我之所以能做到这点，是因为即使市场上存在几千只股票，行业的数量终归是有限的。在我开动大脑进行思考之前，已经预先完成了行业分析，也就是说，在"闪电问答"环节，在我头脑中的时钟开始倒计时的时候，我能够利用有限的时间去了解这只股票的详细情况（如果我看好该只股票所处行业的话）。这无疑是一个最大的秘密。

上面有关行业的投资技巧，你可以在家尝试。通过这种方式，你可以学习如何像我一样玩转"闪电问答"。

上面这些就是我如何搞定"闪电问答"的方法、让方法奏效的技巧，以及将它们整合到一起的幕后的"魔法"。下面我要谈谈"闪电问答"家庭游戏的规则，还要告诉你一些小贴士，帮你通过对股票的驾轻就熟让亲人、朋友和熟人们对你刮目相看。但是比起单纯的娱乐和使你显得更聪明外，家庭游戏还能带给你更多的好处。你自己操作"闪电问答"的次数越多，你对行业的分析就越熟练——这是整个游戏的核心。你需要对每个行业建立起自己的看法，如果你想在自己的"闪电问答"中有好的表现的话，你就需要密切关注这些行业。而这个游戏也将促使你给每个行业的最佳股票排名。你知道所谓的"吃肉减肥法"其实无非是诱使人们大量进食高蛋白高脂肪食物，以便摄入更少的卡路里吧？与之相类似，我的"闪电问答"家庭游戏是一种诱使你做股票功课的方法。如果你想玩得开心，真的想让你的朋友们对你刮目相看，那么你就需要记住前面所有的内容。通过这种方法，你将会成为每个行业的行家里手。通常情况下，这会是一个长期、乏味甚至极端沉闷的过程。但是当你能够玩转你自己的"闪电问答"时，有准备地学习所有行业的知识就变得既有趣又富于挑战性了。你知道我会说什么：一旦你感到开心，赚钱就会变得容易得多。

JIM CRAMER'S
MAD MONEY

第六章
"闪电问答"家庭游戏
——股票市场的"力量训练"

如果你正在读这本书，你心里面是不是希望能够像我一样？尽管我说不出理由，但在股票方面，我猜想你会希望能像我一样——当然你会希望个子再高些，或者形象再好些。啊哈，我不会怪你的。我过去从市场上赚取了大把的钞票。我之所以能做到这点，是因为我有能力确定哪些是我需要重点关注的，哪些是我应该忽略的。在美国这个庞大的市场上总共有6 000~7 000只股票（中国沪深两市A股B股市场截至2010年10月11日共有2019只股票），如果你不能锁定目标，就没有办法胜出。而碰巧，"闪电问答"浓缩了过去我管理对冲基金时与分析师在投资会议上要做的事情。这是一个理解市场和整理思路的方法。这就是为什么说和我一同参与节目，或者玩转你自己的"闪电问答".是令你成为专业级投资人的极为奏效的方法的原因。这也是为什么我认为学习如何玩转你自己的"闪电问答"并不只是好玩，它还是使你成为赚钱高手的最佳途径之一的原因。

有两种方式可以让你在家玩转"闪电问答"：一个是普通的"闪电问

答"家庭游戏，另一个是升级版的家庭游戏。这两个"闪电问答"几乎相同，但是规则有一点区别。首先，我将向你介绍每个"闪电问答"的规则，然后我会告诉你如何进行游戏——如果你希望结交到更多朋友，并且让大家对你刮目相看的话。

在普通版本中，你有15秒钟时间用来决定购买、抛售或者继续持有某只股票。这个游戏你可以和节目同步进行，也可以和一帮人一起做，或者和两三个好友一块儿玩——无论哪种方式都可以。在作出判断后，你就来谈论自己为什么喜欢或不喜欢某只股票，时间长短随你掌握，但是你不能就此打住。一旦你停下来，你就必须进入下一只股票的讨论。当我做"闪电问答"时，CNBC频道的法务部不允许我对市值低于2.5亿美元的股票进行评论，如果你想完成自己的"闪电问答"，或许你也应该遵从我们法务部的规定，避免提及这些小盘股的名字，因为随便什么人都可以用一只默默无闻的、市值低于2 000万美元的股票来难倒你。也就是说，你尽可以对那些市值低于2.5亿美元的公司投机，但是请牢记，投机股最多只能占到你投资品种的20%，而且前提是你能承担高风险。

现在让我们回到"闪电问答"。在普通版本里，你有一台能上网的电脑，可以在有限的15秒钟内登录雅虎财经、MSN财经或TheStreet.com，来查阅任何你想要的信息。你可以查询有关股票的各种信息。在我做"闪电问答"的时候，我面前的办公桌上摆满了电脑。你也可以使用同样的资源。相信我，如果你对股票或股票所处的行业一无所知，你绝对不可能在短短15秒钟之内通过浏览雅虎财经作出买入或卖出的判断；你甚至也无法清楚地了解发行股票的公司是干什么的。你可以使用电脑，但是你不能拿它当拐杖。或许你会在电脑中发现一些你过去不了解的信息，而这些信息会帮助你作出决定，比如银行的股价净值比（股票价格与每股账面净值的比值）、股票的股息收益率（股息与股票价格的比率）等等；不过在短短的15秒钟之内，你最多也只能看完这些信息。所以，即使你能够在家庭游戏的普通版本中使用电脑，它也只能帮助你拓宽分析的范围，给你多提供一点详细信息而已。电脑不能帮助你作决定，也不能为你提供足够的信息，让你充分地了解一只股票。电脑不是你可以依赖的拐杖，充其量只是一根细软的藤条而已。

在升级版的"闪电问答"家庭游戏中，你没有电脑可用，没有所谓的"藤条"，没有任何能给予你好数据的外部信息来源。和普通版相比，升级版的难度要高一些。尽管如此，如果你听从我的建议，你依然有能力将它搞定。普通版和升级版游戏也就只有这样一个区别。现在我将告诉你如何在两个版本的游戏中同样表现出众。

首先，对于每位感到难以应付眼前任务的人，我想说，能够玩转你自己的"闪电问答"，是你熟悉股票的绝佳途径，是学习如何进行有效的行业分析的最好方法之一。但这绝不是说要成为一名好的投资人，就必须做这个游戏。该方法也不适用于每个人。它很费时——你每周对每只股票做功课的时间要远远超过一个小时。但是如果你真的想好好理财，如果你真的希望从此不再依赖那些经纪人和投资顾问，那么请你认真阅读这一章，把相关课程充分消化并牢记于心。当然，如果不训练自己进行"闪电问答"，你也可以赚到大把钞票。但如果认真训练，你则可以把这个游戏做得炉火纯青。然而要赚钱也不一定非要把这个游戏做得登峰造极。如果你听从我的建议，并且完成我初期布置的有关每只股票的功课，而且每周还花费一个小时对这些股票进行维护的话，我就可以自信地说，你可以超过大多数的资金管理者。

但是如果你想超过一般人的水准，成为一个杰出的投资人，那么，训练自己做"闪电问答"家庭游戏将是令你成为真正的股市专家的最好方法。这里有一个简易的方法，可以让你自我训练，最终做到像我那样，在每次接起电话后很快作出相应的分析。这个过程是系统的，也是直截了当的。

为"闪电问答"作准备需要经历三个简单步骤。首先你需要了解市场上有哪些行业。这并不像看上去那样简单，因为将经济分门别类有许多种不同的方法。你需要列出一张清单，在上面标明每个行业和各个行业包含的子行业的名称。如果这让你比较发憷，我会告诉你怎么完成它。我来举个简单的例子，说明行业和子行业或产业的区别。例如，一个行业从宽泛的层面讲，可以称做科技行业。在科技行业当中，你可以发现很多不同的子行业，比如互联网、半导体、个人电脑、设备制造（如手机）、软件等等。你还可以将上述子行业进一步细分，如软件业还可细分为多个行业，但是你终归要划定界限，或者，你终归会对每只股票建立起自己的看法。"闪电问答"的要领在于：你只需要对行业和子行业拥有少量的看法和判断即可。因此，在多数情况下，我宁可不为一个行业作过多过细的划分，因为这样只会增加你的工作量，而且这种划分是有限度的，超过一定限度的细分不会带来任何额外的好处。但目前不要过分关注这一点，在对整个流程进行概括之后，我将带你详细了解这三个步骤。

第二步：对每个行业及其子行业形成自己的判断。这样，当别人询问你关于股票的问题时，你知道它属于哪个行业，就能瞬间说出你对相应行业的看法和你对股票的判断。这是最为省时的方式。这里，我会向你说明怎样形成对各行业的看法。这与你做股票功课中的第二步区别并不是很大，也就是先了解某只股票属于哪个行业，然后去研究所有影响该行业股票价值的因素。如果你想完成自己的"闪电问答"，那么你必须经常性地更新你的看法，因为这个市场是不断变化的，今天受青睐的行业，也许不久就成为明日黄花。

一旦形成了对各个行业的看法，你就可以进入第三步：对每个子行业的股票进行排名。你不必对每只股票都进行排名，那样会很浪费时间。你花费多少时间用来排名，取决于你愿意在这项游戏上投入多少精力，以及希望用多少努力将你塑造成一名股市专家。尽管这样，你至少应当对每个子行业中哪些股票是最佳品种有自己的看法和判断。如果你知道哪些股票是最佳品种，那么每次当别人问你有关行业或子行业的股票的问题时，你就可以自信地建议他们，将投资品种中"不好"的股票换成你眼中的"最佳品种"。但我并不希望你陷入"最佳品种"的框框里不能自拔。请记住：灵活性永远是第一位的。今天的"最佳品种"也许明天就变成"最差品种"。所以，你始终需要对这些行业不断进行重新排名。以科技行业为例，最佳品种实际上是不存在的，因为科技市场的流动性太强了。但是话说回来，在任何特定的时点，你应该可以判断出哪些股票为最优，哪些股票不会带来任何收益。最起码你应该知道，每个行业中你最看好哪些股票，这样一旦有人问你关于该行业的问题时，你就可以用你最看好的股票作为参考来回答。

但是，如果你愿意在家庭游戏中投入更多的时间，你完全可以做得更加周密和彻底。你可以列出每个行业前两名或者前三名的股票。尽管如此，要实现时间利用效率最大化，或许你还需要将每个子行业分成不同的股票类别。首先应该清楚，该行业的最佳投资品种是什么，然后找到你认为能代表该行业最佳购买对象的一只股票，接下来找到另外一只该行业中最佳的投机股。例如，假如有人问你药店的股票，你就可以给他们提供各种不同的建议。如果对方问的是一家规模较大且经营稳健的药店连锁店，例如CVS连锁药店，你可以建议他卖出CVS，买入你所认为的该行业最佳品种沃尔格林。如果对方询问的是朗思药店——一家规模小很多、经营时间也短很多的药店连锁企业，你就可以告诉他，沃尔格林是最佳品种；但如果你的朋友想要买入一只投机性更强的药店股票，你应向他推荐来爱德而不是朗思药店。为了在"闪电问答"中提供给以上两位咨询者最佳答案，你仅需要搞清一点，即沃尔格林是最好的药店，而来爱德是药店业最好的小盘投机股。

如果你遵循以上三个步骤，那么无论有没有电脑帮忙，你都能出色地完成"闪电问答"。这是一件再简单不过的，几乎不用花任何时间就能搞定的工作。事实上，要想对每个行业作出自己的判断，并且搞清所有行业的最佳投资品种，需要你每周抽出一小时以上的时间完成股票功课，不过，这样做的收获是巨大的。你不仅能完成自己的"闪电问答"，而且能够熟练掌握每个行业的情况，能够对整个市场产生全面的认识和了解。这种了解的巨大价值我怎么强调都不为过。但是话说回来，假若你对股票游戏的兴趣没那么浓厚，或者没有足够的时间，那么你就不需要玩"闪电问答"

家庭游戏。如果你想赚钱，你应当把精力集中在最重要的事情上。我并不希望你在没有完成每周股票功课的情形下耗费大量时间试图成为"闪电问答"高手。日常股票功课是首要的。为了达到赚钱目的，你必须在多样化的投资品种里拥有5~10只股票，并对它们进行研究。不过，假如你有富余的时间和兴趣，玩玩"闪电问答"会使你成为一名更好的投资人。

现在我们言归正传。要想使第一步变得容易，我会告诉你我怎样将市场划分为多个行业，然后再确定每个行业所包含的子行业。有一个快捷且简便的方法能帮助你将整个经济划分为不同的行业，然后进一步细分为子行业。这将使你的工作变得更加容易。这不见得是用来划分市场最全面、最权威的方法，但是，只要你在将公司归入各行业的过程中保持一种灵活、认真的态度，那么我可以肯定，你将能够相当容易地完成第一个步骤。

行业

航空航天

汽车

日用消费品

国防工程承包

金融

餐饮

医疗保健

建筑

制造

金属矿产

石油天然气

造纸和化工

零售

服务

科技

交通

公用事业

以上列出的是人们经常讨论的主要行业。其中一些相对独立，划分在一起很容易理解；而有些行业的划分总是感觉很牵强。举例说，科技行业中的很多产业其实没有什么共性。科技股确实是作为一个行业进行交易的，这点毋庸置疑，但是说到"科技"二字，它的确属于20世纪的概念。20世纪没有这么多软件、设备，也没有这些从互联网上赚钱的好办法。而现在一切都变了。不论谁跟我说谷歌和KLA-Tencor公司有共同之处，都会遭到我的反驳，因为前者的主要收入来自通过搜索引擎销售广告，而后者制造能够生产半导体的机器。从另一方面看，汽车、航空以及国防工程承包业的划分要相对合理得多。目前市场上仅有少量的大型国防工程承包商和大型汽车制造商。对这些公司进行比较相当轻松，而且如果你想玩该行业的"闪电问答"，你会感觉非常惬意。

不过，请不要迷信前面那张行业分类清单。如果对前面清单中所列出的17个行业，每个行业你只知道一只好股票，那说明你还没有作好准备。

以金融为例，金融行业包括银行、投资银行和网络折扣证券公司，更不用说存贷款以及信用卡公司了。能够完成"闪电问答"意味着对以上每个子行业都要具有敏锐的眼光。你应该能够研究这些行业和它们的构成，并将它们分割成更加具有共性的较小行业。交通业是另一个很好的例子。从分类上说，交通业可以包括载重汽车运输公司、铁路公司、民航公司，以及任何为上述业务提供服务的公司。所有这些公司并不都是在同一个板块上进行交易的。这点和医疗保健行业是相同的。大型药厂、生物科技公司和健康维护组织（HMO）也不都是在同一个板块进行交易的。所以，当我谈到行业分析的时候，实际上指的是对进一步细分后的行业的分析。如果你只是研究一个粗略的行业分类，那么你做得还不够，无法完成一个好的"闪电问答"。了解一家公司实际所处的子行业，而不仅仅是它所处的大的行业类别，能够帮助你保持投资品种的多样化。如果你准确地了解一家公司所从事的业务，而不是仅仅局限于它属于金融或科技行业，那么你就更能避免持有太多同质化的股票。如果你充分了解这些公司实际从事的业务以及它们受何种因素的影响，你的投资品种也不会出现非多样化的局面。

很明显，正像我并不期望你为了玩转"闪电问答"家庭游戏而熟知每个公开上市的公司，你也不必对每个行业烂熟于心。但是，在你开始进行"闪电问答"游戏之前，你应该掌握大部分行业的情况。如果你能了解五六十个行业，我会认为你进入了绝佳状态。那么，你到底应该了解哪些行业呢？标准普尔采用147个不同的子群，将各个行业分割为单个产业。147是一个比较庞大的数字。你可以从认真浏览这份行业清单开始，去掉那些看上去规模较小、不太重要或者你不感兴趣的行业，但我认为这不是正确的方法。比如，像航空服务业或零售房地产投资信托业不是大型产业，这一点你不必通过浏览清单就能了解。在我看来，你的最佳投资策略是要让自己拥有能快速反应的能力。不要试图建立一个包含147个不同行业的电子数据表，然后从每个行业中挑选最佳投资品种，这样做只会浪费精力。事实上，玩转你自己的"闪电问答"的要点在于将主要精力投入重要的方面。

我建议你从自己了解的领域开始。你很可能已经熟悉了少量行业或者子行业。除非你是专业人士，否则请不要试图掌握大多数子行业；不过即使你这样做也没有关系，因为大多数子行业规模太小，所以也并不太重要。在这个游戏里你可以凭直觉行事，但最多不能超过一次。你可以收看我的节目或类似节目，那些人们询问次数最多的股票，总是代表了最重要的一些行业。你需要收看并记录下：哪些行业看起来重要并有着较大的规模？哪些行业很少被观众问及？当你注意到某个行业是人们讨论的焦点时，你应当把它作为重要行业列入你的清单。你需要养成经常收看电视节目的习惯。一旦你的脑海中存储了至少40个不同的行业，形成了对这些行业的看法，同时也清楚每个行业的最佳品种，那么你就可以开始进行"闪电问答"了。记住，进行你自己的"闪电问答"不是一项高风险的活动，其本质不在于赚钱或赔钱，而是完全在于实践。一旦上手，你就会不断学到新的东西。如果有人向你咨询一家公司的前景，而你对这家公司所处的行业一无所知，那也是好事。虽然这个问题可能问得有些偏，但是你也能够借此了解并判断出该行业是如何运作的，以及哪只股票是你看好的。

一旦你掌握了行业划分的情况，你需要判断出哪些是你喜欢的，哪些是你不喜欢的。事实上这出奇简单（科技股除外）。对科技股作出准确判断从来都不是件容易的事，因为你对行业的判断总是被不断上市的新产品所扰乱，所以，科技股的"闪电问答"是没法玩的。但是对于其他行业来说，第二个步骤相当简单。你必须建立起对每个行业的基本看法。几乎所有行业都受到某种周期的影响，大多数行业与商业周期息息相关，这里说的商业周期是指美国的商业周期，因为我手中的大多数股票都是美国股。在本书的附录部分有一张插图（第198页），是我上一本书《克拉默投资真经》中一张插图的修订版。这张图可以告诉你，应当在商业周期的哪个阶段买入哪些行业的股票。你可以用它作为参考，但是千万不要指望它能帮你作出所有决定。明智投资以及玩转"闪电问答"的关键在于拥有足够的灵活性。如果你想成为一个灵活的投资人，你需要以灵活的手段进行投资实践。所以，请借助上文说的插图帮你作决定，但是你必须知道为什么要遵循图中的建议。举例来说，该图建议你在美联储提高利率前卖掉银行股。如果你正在做你自己的"闪电问答"，你只需要告诉人们抛售银行股，因为利率要上升（图上是这么说的）。但是这对你来说不会有任何好处。玩转你自己的"闪电问答"的意义不仅在于让你的朋友们对你刮目相看，你还要努力成为一个出色的投资人。因此你需要明白在利率升高时抛售银行股的理由，因为高利率会导致银行贷款减少，赢利降低。

　　并不是所有行业都受到商业周期的影响。比如航空业，它自己的商业周期几乎与总体的商业周期没有任何关系。如果你投资航空业，你应该预计到有7年的繁荣期和7年的衰退期。为什么会出现这种规律呢？因为航空业的周期取决于飞机的更换周期：通常情况下，飞机每7年更换一次。

而说到国防工程承包业，它的景气程度几乎完全取决于政府开支。它不见得是周期性的，但却可以很容易地观察到。如果五角大楼打算削减国防开支，那么你很可能就不该看好国防工程承包商的股票了。而假如美国要参加一场战争，那么你很可能该建议人们购买国防工程承包商的股票。另外，农业设备的周期取决于粮食价格，而不是利率。

在过去，金属和矿产业更多受到美国商业周期的影响，但是今天，就像我在前面说的那样，很多金属和矿产企业更多地受到全球商业周期的影响，因为巴西、俄罗斯、印度和中国的经济增长很快，它们需要获取更多的金属和矿产资源，如铜、锌、铁、镍等。所以，你可以关注上述"金砖四国"中各个国家的商业周期——如果你经常看报纸的话，这绝对不是一件难事。通过关注以上商业周期，你应当能够对相应行业的股票有一个好的理解和把握。

虽然我可以研究每个行业，并且告诉你哪些因素会影响该行业的发展，以及怎样用最佳方式完成行业分析，不过，这也许得再另外写一本书。但是，由于情况的发展变化是如此之快，今天的现象到明天也许就过时了，所以，这本书实际上也无从写起。这就是为什么我将灵活性置于首要地位的原因。如果你正准备进入自己的"闪电问答"家庭游戏，你需要作好准备，随时修正对上述每个行业的看法。如果不能作到每周更新，至少应该每两周更新一次，否则你不可能出色地完成"闪电问答"。这么做的出发点是使你保持对行业和整个市场的关注，并且让你以充满乐趣的方式来记住大量信息。这样做的真正好处在于，如果你能对每个行业以及大多数子行业或产业拥有明确的看法，那么你对整个市场就有了充分的理解。一旦做到这点，你就有能力赚到更多的钱。这实际上仅仅是个经验的问题。是经验让我对我所从事的工作如此娴熟；同样，它也可以令你十分出色。

当你将市场划分为不同的行业，那么只有当你对每个行业建立起自己的观点后，你才能购买你所喜欢的行业的最佳品种。如果整个经济表现得很强劲，而你认为公用事业公司不值得投资，因为公用事业部门发行的股票在经济高速增长时期总是表现得不尽如人意，那么你不必为了做"闪电问答"而非要去了解公用事业部门的最佳股票。你只需要告诉其他人，卖出公用事业股。整个"闪电问答"的行业分析的目的在于让你集中关注重点事项，从而做得更加从容。从另一方面讲，假如经济增长放缓，而美联储将提高利率，那么你应该知道该看好哪只公用事业股。尽管持有公用事业股显得单调了些，但你起码不用为银行股、零售股或大部分工业股而操心。

以上就是为什么步骤三（从每个行业选取最佳品种）排在步骤二之后的原因。在步骤二中，你需要决定哪些行业是你喜欢的，哪些行业是你不喜欢的。假如你真的想要成为一个投资高手，或者渴望成为下一个我，那么你一定要勤奋。你应当学会从行业中选取最佳投资品种，哪怕你讨厌这个行业，而且你这么做是出于灵活性的考虑。不妨假设某个星期汽车股全面跳水，但是一个星期后汽车股全面走强。如果你是一名资金管理者，一旦你看好汽车业，你会马上希望了解哪些汽车厂商发行的股票是值得购买的。但是你很可能不是一名资金管理者，而且现在我们都还没有谈到实际投资的问题。我们只是在玩一个游戏，而且我希望将游戏简单化，因为越简单你就越有可能实践；你实践得越多，所得到的结果就会越好。

那么你怎样开始挑选最佳投资品种呢？或者，如果我们不想使用"投资品种"这个词，你如何从每个行业挑选出你最看好的股票？让我们回到本书的开始部分，你可以通读我所谈到的所有关于股票分析的内容。特别要注意：股票价格与竞争对手相比情况如何；按照市盈率和增长率对不同的股票作比较，充分考虑股票的前景：哪只股票最稳定，遭遇收益下滑的可能性最小？一旦完成了上面的分析，你就可以宣布某只股票是你的最爱。需要注意的是，以上分析可能需要花费大量的时间。在确定自己喜欢的股票之前，你可能需要对许多股票进行研究，这里我说的"许多股票"仅指某个行业的股票。虽然如此，你还是会获得相当的回报——你将擅长对不同的股票进行比较，并深入了解你所关注的每个行业。此外，如果你希望朋友们对你刮目相看，你也可以在他们面前展现你是如何玩转自己的"闪电问答"的。

我在本书开始部分列出的方法，是我希望你在步骤三，也就是实践你自己的"闪电问答"中采用的。我反复提到这一点，是因为现实中总存在一些诱惑，让你不由自主将对股票的判断完全建立在日常生活中与公司形成的"互动"上面。富有传奇色彩的投资家彼得·林奇在大众中宣扬以下投资风格："投资于你所熟悉的领域。"按照这个逻辑，你最看好的银行应当是本地银行（如果看上去经营得不错，并且也很受欢迎的话）。你最青睐的零售店应当是本地客流量最大的零售店。同样，你最喜欢的餐饮股也依此类推。彼得·林奇无疑是史上最伟大的投资家之一，但是我正试图将他的投资哲学变成一种可以推翻的谬误，我这样做是有理由的。许多人都会犯我在书中列出的种种错误，我自己也经常建议人们投资他们本地的银行，因为这些银行是他们了解的。不过，这里还需作一个十分重要但却经常被忽视的提示：不要购买本地银行的股票，如果它是只垃圾股。眼下我们只是在谈论实践，并没有谈论真正意义上的投资。这不过是个游戏而已。如果你希望成为投资高手，愿意借助你自己的"闪电问答"训练自己达到这一目标，那么你千万不能把"闪电问答"搞错了。

　　每天即将结束的时候，对你来说最重要的不是观念，而是数字。因为通常情况下，你自己对公司作出的判断会在一定程度上"欺骗"你，而我希望你不要成为被欺骗的对象。你应当学会依靠数字作出判断，或者像我在节目中所说的那样，有关股票的逸闻趣事起不到太大的作用，所以，请使用收益和增长率来对不同的公司进行比较，而不是只通过你每天了解到的公司的表面情况进行比较。一旦你确定了每个行业所看好的股票，你就需要重新评估自己对股票的看法，这样的评估至少应当每周一次，如同你重新评价自己对每个行业的看法一样。股票市场是不断变化的，你看好的股票也许会崩溃，或者在某些情况下由于升值太快而变得过于昂贵，这时你就会倾向于推荐同一行业另外一家公司的股票。只要持续观察市场态势并不断实践，你就应该能够做到像我这样毫不费力地完成"闪电问答"。我知道，所有这些工作看上去极其劳心费神，并且需要耗费大量时间，但是正像我前面说的，为了玩转"闪电问答"而做股票功课并不适合每个人。但是，所有这些额外工作都能为你的将来节省大量时间，因为通过这些额外工作，你将彻底了解你需要哪些股票，何时需要它们，以及为什么需要（就连你自己都感到惊讶）。从长期看，为完成"闪电问答"而做股票功课，可以使你在准备购买个股时只需要做较少的股票功课，因为你已经了解哪些因素会影响相关板块的行业和产业，并且也已经了解这些股票在同类股票中的排名。

因此，你只需记住，"闪电问答"的本质是行业分析。一旦你对行业做到了如指掌，那么所谓的"闪电问答"，就是从特定的行业挑选股票的一个简单游戏。假如你希望完成自己的"闪电问答"，以此来扩充对市场的了解，那么你只需确定你已经知道了各个行业的情况，清楚地知道自己喜欢以及讨厌哪些行业，并且对喜欢的行业中自己看好的股票有清晰的认识。此外，一定要从始至终对已经形成的对行业和股票的看法进行更新，只要你还是一名投资者，这种更新就不应当停止。

即使通过练习，你能够熟练地掌握自己的"闪电问答"，还是难免会遇到一些困难。即使像我这样的熟手也会碰到难题。如果你相信自己已经掌握了刚才我谈到的方法，而有人问起一只你根本没听说过的股票，那的确有点不好处理。如果你不了解这只股票，你就无法告诉别人应当卖出还是买入。对我来说，通常情况下我会建议人家卖出。曾经有观众问我一个名叫阿斯泰克工业的铺路材料制造商的股票，这家公司我从来没有听说过，因此我只能回答"不知道"，然后接入下一个电话。两天后这只股票出现了上涨。请记住，在考虑"闪电问答"问题时最重要的是，努力推断出哪些股票供大于求，哪些股票严重短缺，哪些股票属于稀松平常的交易品种。如果你不了解某只股票，对于买入一定要多想想，因为一旦你成为"闪电问答"的行家，仓促购买很可能会给你带来麻烦而不是乐趣。

我知道，当你看我做"闪电问答"时，好像我只是在不停地对股票作出草率的判断。但事实并非如此。谁也不想对股票作草率的判断，因为这样的判断通常是错的，股票市场太过复杂。"闪电问答"的真正意义在于，建立你自己的股票"世界观"。它要求你能够推断出哪些行业目前运转良好，哪些行业在未来的6~12个月中还将持续看好，而这将取决于一系列因素，首要的是美联储的举措和对于通胀的预期。一旦你拥有了这样的世界观——就像你看到的，建立起这样的世界观是个耗时费力的工作——你就可以将自己的快乐和风险融入其中。这样，当你听到别人咨询某只股票时——不论在我的节目中还是玩自己的"闪电问答"——你都可以运用你的股票世界观来快速乃至瞬间形成对于该股票的判断。

最后，让我送给你一句鼓励的话。相比在做节目时我所能够支配的时间，你用来实践"闪电问答"的时间要宽裕得多，这意味着你能完成更多的工作。你可以花费更多的时间来思考一只股票，或者用电脑查询有关股票的一些详细信息。你可以不必花时间同与你一起玩的人交往，尽可以专心致志地研究股票。这将带给你很大的优势，有助于提升斗志。所以，如果你认为你为此作好了准备，如果你想成为一个真正杰出的投资人，最重要的，如果你有足够的时间训练自己成为"闪电问答"的冠军，那么我可以保证，它将能够帮你实现致富梦想。

JIM CRAMER'S
MAD MONEY

第七章

从高管访谈节目中赚钱

在我的电视节目中，几乎每次我都会邀请一位首席执行官或者首席财务官到演播室来畅谈他们公司的股票。这点对大多数财经节目都是一项标准特色。至于为何我要在每期节目中邀请一位首席执行官，理由再明显不过了：假如你准备买股票，难道你不希望了解管理层的想法吗？但是假使你不愿意，我也能想象出一大堆理由。在不了解首席执行官访谈真正目的的情形下，你一定不要收看我的首席执行官访谈节目。这里要说明的是，我将他们请来并不是为了获得更多的信息。事情比这微妙得多。首席执行官们在电视上透露信息是非法的，这是美国证券交易委员会的公平信息披露制度所规定的（中国也是如此）。任何公开上市公司通过媒体（除了新闻稿）披露信息都是非法的，所以你无法指望这些嘉宾会给你带来新的消息。这样的消息是不能在这种场合讨论的，但是其他媒体不了解这点，总是让你觉得这些访谈会透露某些有用的新闻，并去利用这些早已为资深人士所熟知的"旧闻"。所有这些都属于虚假信息，但是却能在电视上传播，因为一般媒体不了解公平信息披露制度所引发的巨大转变。

我请首席执行官来不是为了披露消息，而是为了帮你更好地赚钱。如果你不知道该关注些什么，你就无法利用这些访谈赚到钱。如果你不知道我请他们来是想做什么，你就不知道应该关注哪些内容。

在向你介绍这些访谈节目怎样帮你赚钱之前，我想先给你提个醒儿：我请来的大部分首席执行官都是正派人，他们不会欺骗任何人。但是通常情况下，他们会从其所在公司的股票表现中获得收益，因此你将不会听到很多关于他们公司股票的负面评价，至少大多数高管是这样的。因此，在你收看节目的时候，如果某位高管对自己公司的前景表现得非常自信，你至少要抑制自己的乐观情绪。嘉宾们并没有说谎，但是替自己公司的股票作宣传是他们的职责。这么做绝对没有错，只要你看电视的时候知道这一点就可以。不妨用政治来打个比方。首席执行官就像是总统候选人，你总不会希望约翰·克里（2004年美国总统大选民主党候选人）或者乔治·布什走到演讲台前说："你们别投我的票！"或者说得更加离谱："别投我的票！让我列出20条理由来说明我将会是个糟糕的总统！"当然，这只是笑话。因为他们的职责就是推销自己。同样，你几乎不会看到一位首席执行官在节目里说："别买我们公司的股票。"让股价维持高位并使股东满意是他们的职责所在。

既然首席执行官不会发布新闻，而且对自己公司的股票总是持乐观态度，那么你如何从我的访谈中赚钱呢？有4种方法可以让你从我的节目中赚到钱，此外还有4种方法能防止你赔钱。如果你懂得怎样收看节目的话，我保证，这些访谈将对你非常有用。

当我请出一位首席执行官作为股票的黄金担保时会是什么情形？请允许我告诉你一个真实的例子，那是一次绝对精彩的访谈，收看的人都赚到了大笔的财富。这个例子有助于你将来在看到这类访谈时也能知道如何操作。有一次我请到了比尔·格里希，他当时是瓦莱罗能源公司的首席执行官，瓦莱罗公司是美国最大的炼油企业。在节目中，我们进行了热烈的交谈。

当我引导格里希进入演播室，他告诉我以及所有的观众，他的股票很"便宜"。我用我独具特色的方式对他说，我们的谈话也很"便宜"。我希望在给他的股票盖上我的购买批准章之前，能够多听到一些实质性的东西，而格里希也没有让我失望。他告诉我，我的看法很准确，而这也是他之所以要回购自己公司能够依法购买的所有股票的原因。当你听到一个首席执行官满怀自信地说他的股票很便宜，并且愿意让你知道他的公司将会大量回购自己公司股票的时候，你会意识到你得到了想要的"赚钱工具"。当他这么说的时候，我开始按动"购买"按钮，因为他的股票确实很便宜。作为你，亲爱的观众，当你收看这场访谈时你能得到什么收获呢？如果你在2005年5月18日也就是访谈刚结束的时候用63美元多一点买入了我推荐的股票，那么到2006年1月30日，瓦莱罗公司的股票就翻倍了。如果你倾向短期投资，那我应当告诉你，仅仅在2005年8月末，瓦莱罗的股价就已经突破了100美元。对于瓦莱罗股价的翻番，我很兴奋，因为我在节目中曾经强调过，我无法掩饰对这家公司的认可和信任。在邀请格里希出场前，我就感到一种热切的期待，但现场的访谈让这种热情燃烧到新的高度。我真诚地希望我的节目帮助一些投资者发了一笔横财。以上是一个

"克拉默批准盖章"式访谈的实况回放：我看好一只股票，然后首席执行官走进来，用他掷地有声的话语让我对股票多了一份信心。这对你来讲是一个"买入许可"，并且就像你在例子中所看到的，它可以让你赚得盆满钵盈。

除了格里希的例子外，首席执行官访谈还有其他几种主要方式，能告诉你哪些股票是应该选择的。当首席执行官在节目中的亮相明显违背他本人的兴趣时，那也能说明一些问题。最好的例子莫过于我对莱斯·穆恩维斯的采访了，穆恩维斯是哥伦比亚广播公司的首席执行官，超乎想象的"酷"。他来演播室的那天正赶上哥伦比亚广播公司作为一个独立的实体，从它的母公司维亚康姆剥离出来。很明显，参加这个节目不是穆恩维斯的兴趣所在，因为播出我的节目的CNBC频道和他的电视网络存在竞争关系。当我们谈到利益冲突时，我应当说明，哥伦比亚广播公司是西蒙与舒斯特公司的母公司，后者是本书的出版商；哥伦比亚广播公司还是哥伦比亚广播电台的母公司，后者是我的《投资真经》节目的广播媒体。我对穆恩维斯说了很多溢美之词，不是因为他是我的老板，你应该比我更了解这点。这里我想说的甚至不是他是一个很酷的首席执行官，而只是用哥伦比亚广播公司来说明一个更一般性的例子。穆恩维斯来我的演播室确实是冒了风险的。他到的时候，我就特别强调了这点，并且告诉他，我对哥伦比亚广播公司的增长能力持怀疑态度。请读者记住，当我把首席执行官请来的时候，我希望他们能谈谈有关他们公司的一些实质性问题。穆恩维斯对我说，他知道自己在"冒险"，不过这个险是值得冒的。他说他公司的股票被分析师们低估了，人们并不了解哥伦比亚广播公司背后有着怎样的精彩故事。尽管面对的电视网络是强劲的竞争对手，但他还是满怀热情地参与了我的节目，甚至把我也"卖"了。我对这次访谈非常满意，所以我建议人们买入哥伦比亚广播公司的股票。你知道吗？接下来的日子里，哥伦比亚广播公司的股票开始上涨了。我从这次访谈中获得的经验很简单：如果一位首席执行官知道参与我的节目可能会带来损失，但他还是来了，那么他很可能有一只特别棒的股票要推荐给大家。这是首席执行官访谈的又一个典型例子。

我因为看好某家公司的股票，而邀请这家公司的首席执行官，这也是首席执行官访谈的一种情况。能够辨别出这类访谈简直太重要了，因为这是告诉你该购买这家公司的股票的重要信号。有一次我请到了联合科技公司的首席执行官乔治·戴维。此前我已经看好这家公司的股票，只是还有些顾虑。联合科技公司被普遍认为是一家周期性的公司，也就是对美联储升息比较敏感的公司。该公司的首席执行官参加了我的节目，并且告诉我以下几件事：他说联合科技的股票很便宜，自己正打算尽可能回购联合科技的股票，这意味着他确实在强调公司的股票很便宜。他说联合科技有很好的赢利能见度，对公司的5条主要业务线均抱有充分的信心。虽然很多首席执行官都会来参加我的节目，并告诉我他们的公司如何出色，但并不是所有人都会把钱用来回购公司的股票，并承诺用大把的钱进行回购。在说完这几件事后，戴维给了我一个真正的促动。他说联合科技在很大程度上已经发展为一家国际化公司，公司已不再受制于美联储的升息。他说这番话的时候，美联储正在加息。如果你没有收看这次访谈，或许你已经把联合科技的股票给卖了。但就像事实证实的那样，联合科技是仅有的几个在加息以及经济衰退时还能表现得极其优秀的工业公司之一。在我听到戴维这番话后，我更加看好联合科技的股票，并且在节目中建议观众买入。这次的情形和先前的完全一样：如果我在邀请首席执行官之前已经看好他公司的股票，而他让我更加青睐这只股票，那么对于你来说，这是一个"买入"的积极信号。在访谈节目结束后，联合科技的股票开始大幅上涨，我的公益信托Action Alerts PLUS因此净赚了成千上万美元。

我请首席执行官来演播室的第二个理由，要么是给他一个机会，通过谈话来让我摆脱对某只股票的负面看法，要么是对其他人的批评作出回应。对你而言，这些访谈同样可以成为买入股票的重要信号，前提是首席执行官正确地驾驭了谈话。如果我对某只股票抱有成见，通常很难改变我的看法。虽然我始终把灵活性放在重要位置，但是因为我的看法总是来自多方面的灵通消息，所以一个首席执行官说服我改变看法的概率并不大。尽管这样，一旦我决定改变看法时，对于电视机前的你来说就意味着极其重要的信息。不妨举个例子。我曾邀请过詹姆斯·詹内斯——家乐氏公司极其出色的首席执行官。当时我对家乐氏的股票非常不看好，因为这家公司的原材料成本正在升高，而且作为一家谷物类食品制造商，该公司无法做到不将成本转嫁给消费者。当詹内斯来到我的节目中时，他告诉我，公司的原材料成本已经得到了控制。他再三向我保证这一点，使得我改变了看法。接下来发生了什么事？家乐氏的股价开始攀升。如果那个时候你注意到了我看法的改变，你就能够赚到钱。在我邀请戴维·贾菲时发生了同样的事。贾菲是女装零售商Dress Barn公司的首席执行官，一个相当直率的人。我不看好Dress Barn的股票，因为我所去过的每个Dress Barn店我都不喜欢。贾菲坚持说，我对他的股票的看法有偏差。他非常具有说服力，最终我改变了看法。此后，Dress Barn的股价翻了一倍。这里要说明的是：如果一位首席执行官能够改变我的观点，让我从抛售转向买入，把我的负面印象转为不可思议的热情的话，那么这只股票很可能让你赚到大把钞票。

当我请首席执行官对别人（通常是不看好股票的分析师）的批评进行回应时，你可以从首席执行官的反应中得到有关该公司的很多信息。有时高管们仅仅是对负面研究置之不理，这没错，但是你的确无法从中了解到任何东西。我真正欣赏以及真正能够让你赚到钱的是：首席执行官来到演播室，耐心地解释为什么分析师的判断是错的。请来的首席执行官最好能逐字逐句地反驳其他人的负面看法，这样他们才会得到我的支持。一个典型的例子是，有一次我请到了铁路运输集团CSX公司的首席执行官迈克尔·沃德，CSX是全美仅有的几家大型铁路公司之一。我请他来的时候，CSX的股票在经过一个表现还不错的季度之后，股价已经开始作自由落体运动。沃德走入演播室，逐句逐条地反驳了所有的负面评论。访谈结束后，我告诉观众，显然管理层已经很好地掌控了公司局面，但因为负面评价还在持续，所以等股价继续下跌一阵再买入。现在想来，如果当时沃德不是如此耐心和系统地应对那些有关CSX的批评言论的话，我很可能不会劝说人们买CSX的股票。在其后的5个月里，CSX的股票上涨了20%。

首席执行官采用正确方式驳斥负面信息的另一个例子，要数我请迈克尔·沃特福德来的那次。沃特福德是阿尔塔石油公司的首席执行官。我喜欢阿尔塔石油公司，不过当时这家公司的首席财务官离职了；原因我不太清楚。我的投资规则之一就是，当公司高管离职的时候，你应该保持高度警惕。不妨想想安然公司的例子，在公司的坏账产生严重后果之前，有多少重要人物都纷纷离职？而首席财务官的离去意味着最糟糕的情形。不过沃特福德解释说，公司首席财务官只是想休息一下，没什么好担心的。这个情况有点麻烦，因为无论发生了什么，一个精明的首席执行官都会这么说。我告诉沃特福德，假如他对我的观众不诚实并且欺骗我的话，我会对他非常失望，并且会让所有的人知道这件事。沃特福德接受了我的挑战，这表明他说的是真的。于是我告诉观众去购买该家公司的股票。也就是说，如果一名首席执行官愿意拿自己的名誉作担保来反驳那些批评或负面信息的话，那么这的确会令我对该公司的股票增加信心，并且也会给你带来信心。

我还想举出更多的例子，否则你在阅读本章的时候，可能会感到将信将疑。你可能会觉得我只不过是轻信别人，并且比较走运罢了。但是我想说，我举的这些例子可绝非是靠撞运气。以美国全国金融公司为例，在一系列的降级后，美国全国金融公司的股票跌至52个星期以来的最低点。与大多数人一样，我也避之唯恐不及，因为美国全国金融公司是一家抵押贷款公司，这类公司在美联储引发的经济减缓中通常会表现很差，而目前我们正处于这种经济减缓之中。该公司的首席执行官安吉洛·莫兹罗给我打电话，希望能上节目，告诉公众股票背后的精彩故事。当莫兹罗出现在演播室的时候，他耐心地解释说，那些研究美国全国金融公司股票的分析师们并不了解美国全国金融公司的服务流[1]。他向我介绍了公司的商业

---

① 服务流是指为了提升顾客的满意程度，所采行的服务系统设计与活动。——编者注

模式，公开对研究美国全国金融公司股票的分析师的逻辑表示了质疑。他使我确信，美国全国金融公司的股票是值得去买的。之后，美国全国金融公司的股价就涨了30%。你会看到，当一名首席执行官愿意逐条逐句地反驳所有有关股票的负面观点，并且表现得很出色时，意味着这只股票可以为你提供一个不错的赚钱机会。

　　吉姆·康拉斯在节目中的表现也很类似。康拉斯是诚信房屋贷款公司的首席执行官，一个有趣而且坦率的人。康拉斯在节目中驳斥了《华尔街日报》的一篇文章，该文章称他公司的次贷业务会在美联储升息所引发的经济减缓中陷入困境。他的观点令我信服，希望同样也能令你信服——在经济处于低谷时人们往往过于悲观。于是我们就从那些卖空者那里漂漂亮亮地赚到了15%的收益！（虽然接下来股价回落，但这的确是个了不起的交易。）

　　我喜欢言之有据，也喜欢严密精准，因此，我还想再多举几个例子。人们总是轻易抹杀首席执行官访谈在我整个节目中的价值，因为他们觉得这个节目不能帮他们赚到钱。然而我有确凿的证据证明，事实恰恰相反。请看一下塞尔细胞基因公司这个例子。塞尔细胞基因退出了贝尔斯登公司的医疗保健会议，使得自己的股价直线下跌。这种事情通常会引来人们的猜疑。这会使人们猜测，是什么让公司如此"害怕"地退出会议。于是投资者会卖掉手中的股票。在这种情形下，鲍勃·哈金，塞尔细胞基因公司总裁，同时也是我的邻居（他女儿和我女儿曾经一起踢足球）给我打电话说，所谓的"退出"其实是场天大的误会。公司之所以这样，是因为当天遭遇了罕见的交通混乱。第二天，我请他参加访谈，在节目中，哈金重复了昨天他对我说的话。于是我给了他的公司一个"买入"的提示。假如你收看了当天的节目，你应该已经获得了一倍的收益。

你在收看访谈节目时，如果发现以下这第三种情形，也是可以赚到钱的：当首席执行官出现在演播室，此时他公司的股票正在下跌，但他却流露出一种恰到好处的自信。这是我所看好的。这相当于给你吃了颗定心丸，因为你能看得出来，公司的管理层知道该如何应对，而且没有表现出不切实际的过分乐观甚至是不诚实的态度。我对弗雷德·哈桑的访谈就是一个很好的例子。哈桑是先灵葆雅公司的总裁，一个扭转乾坤的高手。作为主持人，我对他的股票非常看好，我认为这只股票将会出现巨大的转机。但是性格直率的哈桑告诉我，转机的到来还要假以时日。虽然他在某种程度上给我泼了盆冷水，但却增加了我对公司的好感。哈桑希望我和我的所有观众明白，公司的问题比他就任总裁时意识到的还要多很多。那么当一个首席执行官说事情将要好转，但眼下还没好转的时候意味着什么？这实际意味着，他只需要具有足够耐心的投资者，他不需要追求短期增长的投资者，而是在寻找长期价值投资者。这种诚实与坦率的确非常令人鼓舞。于是，我建议观众买入先灵葆雅的股票，只是要有耐心。当然，如果你这么做了，你将会见证该公司股票20%的上涨。上涨不是马上发生的，而是经过了大约一年的时间，但是一年中有20%的涨幅也是相当不错的收益。我能做的最重要的事情之一，是让首席执行官们说实话，因为他们知道，如果他们试图误导我或我的观众，他们就将名誉扫地。

对首席执行官的访谈中，还有第四种情形可以帮助你赚钱，但较为少见。不过一旦这种情况发生，作为观众的你最好多留意。有时候，当我把首席执行官请到演播室来的时候，他会不经意地暗示某种信息，而这种信息是极有消息价值的。它不是真正意义上的消息，如果真是消息，意味着非法传播。尽管如此，一位首席执行官或者首席财务官确实可以向你暗示某种有助于你赚钱的信息。下面我再举一个例子，并且详细地说明上述情形是怎么发生的。2006年7月25日，我请到了纳伯斯工业公司的首席执行官尤金·艾森伯格。纳伯斯是一家石油和天然气钻井公司。我请他来的时候，该公司的股票正受到打压。当时的纳伯斯堪称市场上最便宜的钻井公司，因为它有大量的天然气业务，而当时天然气的价格非常便宜。我指的便宜是相对2005年，不是按历史标准说的。作为天然气用户，你从供暖费的账单上丝毫看不出"便宜"的痕迹，但是2005年天然气的价格的确是2006年7月的两倍还多。天然气的实际价格与纳伯斯这类钻井公司提供钻探设备服务的收费之间几乎不存在什么关系。该公司的收入是由钻探设备市场的供需状况所决定的，也就是取决于市场上钻探设备的数量，而不是天然气的现货价格。当时市场上钻探设备并不多，所以纳伯斯的股票应当表现很好。但由于大多数投资者并不了解哪些因素影响到了公司的业务，因此公司的股票价格不断下跌。这对我来说是个再糟糕不过的消息，因为那时我的公益信托里就有纳伯斯的股票。

让我们回到刚才的例子。我请纳伯斯的首席执行官来参加节目的时候，恰逢该公司股票价格接近52个星期以来的最低点，尽管我个人认为它应该值更多钱。我问这位首席执行官，如果股票依然没有起色，他是否会考虑将公司私有化。当然，一家上市公司的首席执行官绝不会在电视上说"不错，我会把公司私有化，如果股票不能很快有起色的话"。这种消息只能通过新闻稿来发布。即使艾森伯格在电视节目中不能对我说这点，他也会暗示这一点。他告诉我，公司已经开始回购股票，实际上是在缓慢地将公司推向私有化。如果未来纳伯斯的股票依然没有起色，他将考虑把公司"彻底私有化"。

艾森伯格的话听起来模棱两可。但是请记住，这些人不能发布消息，而且如果他们不说实话，就会陷入无尽的麻烦。这就是为什么你需要留意我刚才讲到的那种暗示的原因。我知道这位首席执行官没有明说，但是这个访谈所透露出的内容是：如果纳伯斯的股票依然没有起色，这家公司就会考虑——要么将它卖给一家私募股权公司，要么走私有化之路。如果你持有一只股票，而这只股票所代表的公司将要私有化，那么通常情况下，这种私有化是按溢价水平进行的，这意味着你可以从中赚到许多钱。所以，当访谈的首席执行官暗示如果股价继续维持低位他就可能考虑将公司私有化，就意味着你应该买入这只股票。在这次访谈结束后，纳伯斯公司发布了一份表现上乘的季度报告，并且在同年重拾石油业务之前，公司的股价已经上升了15%。

事实上，这类暗示的出现可能比你想象的要更加频繁。它们通常在我问首席执行官或首席财务官他打算如何处理一件事的时候出现。如果一家公司拥有大笔现金，你可以打赌，我肯定会问他们将怎么处置这笔钱。除非已经公之于众，否则对方不会告诉我答案。实际上，我这么问更多是想探知对方的反应强度，或者，揣摩隐藏在对方话语背后的内容。你可以将在首席执行官访谈中揣摩线索比做阅读诗歌，不过你们当中很多人可能都不读诗歌。如果我问一位首席执行官，他将如何处置数亿美元的现金，对方回答，他们正在讨论是回购股票还是派发股息，或者扩大业务，那么你一定不要到此为止而不作深究，因为对方谈论这几种不同战略选择的方式会有所差异。如果这位首席执行官似乎更倾向于派发股息的方案（尽管我不能打包票说一定看得准），我就会假定这家公司派发股息的可能性将大于其他两种选择。

请记住，如果这是有用的信息，首席执行官们不会在节目中披露。也就是说，你不能过度依赖这些从访谈中揣摩出来的暗示信息。尽管如此，暗示还是很有实用价值的，值得你用心去听（过去我的确靠这种方式赚到了钱）。只要遵循我在本章中提到的建议，你就会了解在我采访一家公司的首席执行官或首席财务官时，哪些是值得用心倾听的，哪些是可以充耳不闻的。

以上介绍的是在收看首席执行官访谈这类高管访谈节目时，哪些情形可以帮助你赚钱。与此同时，这些访谈对你来说还有着异乎寻常的价值，因为它还可以防止你赔钱。从某种意义上说，不赔钱至少相当于投资成功了一半。只要你明白应当关注哪些方面，你就可以避免很多损失，避免很多伤心事，甚至还能防止你过多地掉头发——尽管我不敢作这个保证。有4种方式可以帮助你利用首席执行官访谈远离赔钱的厄运。

第一种避免赔钱的方式是：当首席执行官不能为我对股票的乐观情绪提供支持的时候。我采访联合科技的首席执行官的那次节目中，还采访了福斯特惠勒公司的首席执行官雷蒙德·米尔科维奇。这个例子足以说明一场访谈是如何能让你远离创伤的。在我邀请米尔科维奇的时候，我的公益信托里恰好有福斯特惠勒的股票。我希望听到米尔科维奇说他的公司确实表现很棒，因为该公司的股价正处在52周以来的最高点。任何处在这样高点的股票最好能够继续良好运行。我希望米尔科维奇告诉我，在陷入多年的债务困境后，福斯特惠勒公司终于可以用一张低负债的资产负债表来回购本公司的股票了。即使福斯特惠勒公司的股价飞涨，它毕竟曾经是卖空浪潮的牺牲品，所以我希望米尔科维奇能带给股东们一些有关股票交易稳定性的信息。如果米尔科维奇表现出实事求是的态度，我会给他加分。但是对方并没有打消我的疑虑，因为他没能让我相信股价处于52周以来的高位是实至名归，而且他也没有让我觉得公司会进行回购。当我问到有关公司股票交易忽上忽下的情形时，他说他不明白我在说什么。这使我对福斯特惠勒的股票作出了明确的"不买"的判断。我对我管理的公益信托中的这只股票进行了减仓，如果你看过这期节目，你会清楚地看到我对这次访谈不太满意，同时福斯特惠勒是一只应当避而远之的股票。后来如何呢？该公司的股价直落20%。如果你选择了卖出，就等于帮自己挽回了一大笔钱。简言之，如果我对某只股票存有一些顾虑，并且这些顾虑没有在节目上得到解除，如果首席执行官没有告诉我我所希望听到的话，那么你就很可能该卖出这只股票了。

有些时候，或者说在大多数情况下，你会在首席财务官身上看到这种情形，因为首席财务官对数字更熟悉，而且他们不像首席执行官那样善于推广。在这种情况下，你有可能直接从被访者口中获知该股票不能买。这是首席执行官访谈能够帮你挽救损失的第二种方式，我们姑且将它称做"诚实人因素"。对于这样的诚实君子，我总是怀有无限的景仰，并且认为这种表现大大提升了一名高管的诚信度。有一次我请到了查尔斯·克莱曼，Chico's FAS公司的首席财务官。Chico's FAS是一家服装零售企业，当我采访他的时候，我确实很喜欢这家公司。我当着他的面读了一份对该公司的股票提出负面评价的研究报告，以为他能马上进行反驳。但是不知什么原因，他竟然同意了这份研究报告！这种"诚实"实在令人目瞪口呆，不过它确实能帮你挽救损失。由于克莱曼的"诚实"，我可以在Chico's FAS股票跌至一半之前给出清仓的提示。所以无论任何时候，如果首席财务官表现得非常谨慎，我也会同样地谨慎；如果首席财务官对公司的前景都不看好，我也会和他一样。请切记，这是一条真理。

另外，还有一些方法（尽管可能有些有碍观瞻）能让你通过首席执行官访谈了解到该股票是应该卖出的。如果我请来一位首席执行官，我们在现场发生了严重的争执，那么你应该对该股票保持非常谨慎的态度。这是第三种首席执行官访谈能够帮助你挽救损失的方式。我来举两个例子，一位是托尔兄弟公司的首席执行官鲍勃·托尔，另一位是耶路运输公司的首席执行官比尔·佐拉斯，他们两人都"创造"了应该卖出的局面。这两位首席执行官都坚持说，他们的公司"完全可以抵挡任何形式的经济减缓"。不过，因为我干这行已经很久了，我知道不论是托尔兄弟公司这样的建筑公司，还是耶路这样的运输公司，它们都不可能在经济放缓时保持良好的运营。于是我直言不讳地说他们错了，但是他们都固执己见。如果这两位首席执行官能够承认在经济减缓时公司业务有可能受到不利影响，我想我会更加看好他们的股票。但是他们都没有承认，这使我建议观众卖出两家公司的股票。很明显，这两位首席执行官都没有为可能出现的麻烦作好准备——他们太自负了。他们为本公司的业务前景所作的种种辩护都有些太过了，都不愿意承认潜在的问题，这永远不会是好兆头。任何时候，当我观察到这点时，我会建议你马上卖出股票。如果在节目中你看到了这样针锋相对的场面，你应该懂得在我按按钮之前就把股票卖掉。顺便提一下，上述两家公司的股票在访谈节目结束后都出现了大幅下跌。所以，作为投资者，你可以相信，我告诉你的方法是管用的。

如果一位首席执行官对一个确实难以回答的问题闪烁其词，你应该作好卖出的准备。这是你利用我的节目避免财富损失的第四种方法。关于具体情形，我想举史蒂夫·桑吉，微芯科技公司首席执行官的例子。通常情况下，桑吉是个相当坦率的人，可以说有问必答，而且微芯科技公司是一家生产了许多我们使用和喜爱的电子产品的好企业。但是在节目里，当我提到"市场上的大屏幕电视机可能会供大于求"时，他要么不置可否，要么充耳不闻。当你看到一位首席执行官，特别是那种通常情况下很直率的首席执行官表现得如此闪烁其词时，你也应当谨慎。我自己将这次访谈作为一个预警信号，不仅是针对微芯科技，还包括其他依靠大屏幕电视赢利的公司。如果某种产品的确出现了供大于求的局面，那通常意味着无论哪家公司生产这种产品，它的股价都不会有好的表现。这次与微芯科技首席执行官的访谈让我对特殊玻璃和陶瓷材料全球领导厂商康宁公司和消费电子零售商百思买公司的前景也产生了疑问。后来，这两家公司的股票都遭受了打击，原因正是大屏幕电视供过于求。因此，当你看到公司首席执行官对问题含糊其辞的时候，你就有能力为自己挽回大笔损失，前提是迅速采取行动。

这里我还想谈及首席执行官访谈的另一个方面。大多数首席执行官都非常有礼貌，风度翩翩。他们几乎从来不批评竞争对手。所以，如果你看到一名首席执行官在我的节目里抨击竞争对手时，你就应该竖起耳朵仔细听。有一次我请到了汤姆·斯坦伯格，史泰博公司的创始人。他是一名退休的首席执行官，我对他本人充满了崇敬之情。他说，他对沃尔玛有些担心，当时这家超市连锁企业的股价正接近52周以来的最高点。但斯坦伯格说，沃尔玛的海外经营模式有问题，并且他预测沃尔玛将撤出德国市场。很显然这将影响到沃尔玛的股票。听到这个消息我很震惊，因为就像前面说的，首席执行官几乎从来不批评别的公司。但我确定沃尔玛一定有什么问题，于是我建议人们卖出沃尔玛的股票。不出所料，沃尔玛撤出了德国市场，它的股价也跌了20%。

现在你明白了我是怎样操控我的首席执行官访谈的，也了解了我在推荐股票之前的思考过程。我想授人以渔，而不只是简单地告诉你结果。任何时候，当你看到一名首席执行官出现在电视屏幕上时，你从我的首席执行官访谈节目中所了解到的一些规则都能用得上。如果你发现这名首席执行官闪烁其词，批评其他公司或者变得不耐烦，这都是应当让你警觉的信号。而如果你看到一名首席执行官耐心且有条不紊地反驳别人对他公司股票的负面评价，你会了解到这是一个好兆头。既然你懂得了怎样阅读管理层，你就应当能够把我的访谈变成口袋里实实在在的财富。

JIM CRAMER'S
MAD MONEY

第八章

新错误，新规则
——从失误中总结的10个教训

我在管理自己的对冲基金时曾尝试成为华尔街上工作最努力的人，而我在主持《疯狂的金钱》节目时比管理对冲基金时更严谨、更努力、更专注。如果我把自己的对冲基金搞砸了，我只是使少数富有的投资者遭受损失，而且只有我的雇员这一小部分人知道实际的损失情况。但如果我在《疯狂的金钱》节目上犯错误，即使没有几百万人也至少有数十万人知道我犯了错误；不仅如此，还会有更多的人——他们并不都是非常富有——会遭受损失。换句话说，即使我自己没有拿一分钱去冒险，我在《疯狂的金钱》中承担的责任也要比在自己的对冲基金中大得多。对我而言，每一期节目中都有比金钱重要得多的东西，那就是我的声誉。

因此，当我在《疯狂的金钱》节目中犯下错误时，我无法将其抹掉。我在管理自己的对冲基金时有一个放置了许多盒子的柜子，里面装满了记载我所有失败交易的文件，它们常引起我长时间的凝视和思考。我会因为失败的交易而深深自责，并努力找出自己错在哪里，这样我就可以避免将来再犯同样的错误。在《疯狂的金钱》节目中，即使这样做也还是不够的，因为遭受损失的是你的钱，而不只是38个富裕家庭的钱。我在加入《疯狂的金钱》节目前刚刚写了《克拉默投资真经》这本书，而即使这本书非常有用，它也不代表我的全部投资建议。正如我前面提到的，我在《疯狂的金钱》节目中一年学到的投资方面的知识比在对冲基金中5年学到的还多。这是因为《疯狂的金钱》比对冲基金更有难度：与管理对冲基金相比，我在节目中需要提出更多新颖、有效的点子，面临更多的艰难险阻，所以我要付出加倍的努力。

与当初在对冲基金里一样，我从节目中的错误选股（而且错误很严重）里学到了最有用的经验教训。由于我在节目中的工作就像操作一门重炮去打击目标，我用所犯错误进行校正，最终找到正确的目标并准确命中，从这些错误中吸取教训，并把节目做得更好。我希望你也能从这些错误中学到东西，让我在失败中遭受到的痛苦和耻辱成为你的收获。你能够也应该从你自己所犯的错误中吸取教训，但是为什么要在本可以避免的情况下来重复我的错误呢？如果可以避免，为什么还要额外损失哪怕是一分钱呢？

在《投资真经》节目中，我曾向你提供一份规则清单，是我为防止在对冲基金中犯错误而归纳起来的。这些规则仍然适用，但仅有这些规则还不够。世界在过去两年中有所变化，而我在投资方面也学到了更多东西。因此，我从我在《疯狂的金钱》节目中所犯的最严重的错误中总结出了10条新规则。它们是新时期的新规则，目的是帮助普通投资者应对市场。自从主持《疯狂的金钱》节目以来，我意识到"市场"概念本身十分单一，并且对实现你的投资目标没有什么帮助。这就是我针对我所犯错误创立的规则都与"市场"无关的原因。它们与掌控市场的大型机构投资者，即对冲基金和共同基金有关。由于这些机构从事大部分买入和卖出交易，所以制定价格的是这些机构投资者。作为个人投资者，你无法与这些机构分庭抗礼；如果你想赚大钱，你就需要知道如何预测这些机构的行动，如何对它们的行动作出反应。有了这些规则，在面对那些能将你的股票玩弄于股掌之间的庞然大物时，你就不会感到孤立无援。我辛苦获得的10条新规则将帮助你——弱小的个人投资者——对大型机构投资者以其人之道，还治其人之身。秘诀就是：不要仅仅把市场看做抽象的力量，而是关注组成市场的大型机构投资者，并预测它们的每一次行动。如果你听从我的新规则，你就能与大型机构投资者竞争并击败它们，同时为自己赚得丰厚的利润。因为市场环境已经变得更加艰难，所以在非理性的世界中，理性投资已经不够了。在这个市场上赚钱就要疯狂一点，这也是我想帮你领悟华尔街狂人的思想的原因。

下面就是你要遵守的新规则，即我从《疯狂的金钱》节目中最令人难堪的时刻中总结出的10条教训。在阅读下面的内容并掌握市场的新格局之后，你就可以停止哭泣，开始用我的新规则赚钱。

1.与商业周期对抗是徒劳的。无论基于基本面你多么喜欢一只股票，甚至无论股票与商业周期的真正关系是什么，只要你在周期的上升阶段买入非周期性股票，或者在经济下滑时买入周期性股票，你就会遭受损失。我希望这一切不会发生。我希望华尔街是聪明并富于洞察力的，但股票市场并不是这样运行的。只有共同基金和对冲基金拥有左右市场的力量，是它们的看法决定了一只股票的走势。大型机构投资者都遵守商业周期的规律，所以我画了关于周期投资的图。而如果它们按商业周期办事，那么股票也会服从商业周期。当经济上升势头很强时，大型机构投资者就卖出非周期性股票，当经济萧条时它们就卖出周期性股票。故事就是这样。如果你想对抗商业周期，如果你告诉自己你的股票非常好以至于不会受商业周期影响，如果华尔街认为一只股票是周期性股票而你却不相信，那你就输了。有时你只需忍耐一下，承认这些大基金并不那么聪明，接受它们死守教条的现实，并在周期不利于股票时卖掉一只相当好的股票。

这条教训是我历经周折从美国联合健康集团得到的。在2005年3月15日《疯狂的金钱》节目首播之前我就非常喜欢这只股票，并将它作为我的公益信托的投资对象。在节目刚开始播出时，这只股票经过拆细，价格调整为45美元。我在它上面赚了大钱，并且非常喜欢它，所以我称自己为"UNH博士"（UNH为联合健康集团在纽约证交所的股票代码）。如果你听我的，并在40多美元的价位买入联合健康集团股票，你就可以目睹股价一路上扬，直到2005年12月达到60多美元的最高位。而如果你接着听从我的建议，你就会看着股价又跌回到40多美元。我在这只股票上犯的最大错误就是试图对抗商业周期。在美联储不断加息而经济也似乎放缓的形势下，我对联合健康集团的股票寄予厚望。联合健康集团是一只医疗保健股，也许是医疗保健股中的医疗保健股。这就意味着该股票的周期特点是：它是一只非周期性股票。在美联储不断加息，同时经济疲弱时，你应该拥有这样一只股票。如果你遵守商业周期规律，你还应该在经济开始复苏时卖出这只股票。

2006年上半年；美国经济形势开始好转，一季度经济增长率达

5.6%——这是相当惊人的增长，是经济恢复健康的标志。我们经历的这一轮显著的上升周期一直持续到2006年5月美联储会议召开。这就意味着所有的大基金都在卖出联合健康集团股票，并买入周期性更强的公司的股票，例如卡特彼勒或英格索兰。尽管当时行业景气已从医疗保健行业转移到周期性行业，而我却一直劝说人们继续持有联合健康集团股票。现在看来，我这样做是一个错误。在周期阶段已经明显转换而传统制造业表现得越来越强势后，如果你在最高点附近卖掉联合健康集团股票，而不是正好在股价跌到40多美元的底部前卖掉它，你就可以为自己减少20%的损失。（当2006年5月美联储货币政策过度紧缩时，市场趋势又发生了反转，资金开始撤离周期性股票，并重返医疗保健股。）

如果你从我的错误中学到了教训，你自己就不会再犯同样的错误。我曾经坚持认为即使从医疗保健股到高度周期性股票——如采掘、矿业、冶金和类似行业的股票——的行业轮转非常强烈，联合健康集团的基本面（如赢利状况和优秀的管理团队）也足以证明持有该公司股票是值得的。我不断告诉人们：如果你在最近10年内任何时候逢低买入联合健康集团股票，你就能够赚钱。我曾经说过，行业轮转来来往往，周而复始，但股票基本面却能够最终胜出，而联合健康集团的基本面非常好。事实证明，我以前的看法是错误的。我曾试图以股票基本面与商业周期对抗，但基金经理对商业周期的关注程度远远大于对股票基本面的关注程度。坐视联合健康集团股价下跌25%~30%确实是不值得的。

因此，在这样的形势下，正确的做法是卖出股票。这是我得到的教训，也是你应该吸取的教训。即使你觉得股票的基本面很不错，即使这只股票已经给你赚了很多钱，你也不能与商业周期作对。我们知道买入持有策略不起作用，但如果你不考虑商业周期和行业轮动，买入股票并进行研究也是没有用的。我本应该及早卖出联合健康集团的股票。而此后当经济不可避免地再次减速，并且医疗保健股再度成为市场宠儿时，我应该告诉你重新买入联合健康集团的股票。我应该像斗牛士那样躲避商业周期这头公牛，不再与商业周期对抗。即使那些由于商业周期波动而卖出股票的大型对冲基金和共同基金是"错误的"，它们仍将造成股价下跌，而谁会愿意与这些机构作对而遭受不必要的损失呢？

其至大型机构投资者对一只股票是周期性还是非周期性的分类是否正确都无关紧要。唯一重要的事情是它们对股票的看法。它们常常犯错，但是如果它们错了，你也无能为力，而且你也不应试图与它们对抗。与亨利·克莱的名言不同，我认为"与真理相比，我宁可选择赚钱"[1]。下面以发生在CSX这家大型铁路公司的事情为例。2006年7月25日，我试图使观众和华尔街相信，虽然CSX在历史上一直被认为是周期性股票，但实际上并非如此。我认真调查了CSX公司运输的货物种类，并指出大部分货物并不具有周期性。这意味着CSX确实不能被看做周期性股票。但我说的这些都不起作用。在大型机构投资者看来，CSX是铁路公司，而铁路行业就是周期性行业。由于当时经济已显露出衰退迹象，大基金都在疯狂地四处抛售所有周期性股票，即使你通过仔细研究发现一些股票事实

---

① 亨利·克莱（Henry Clay，1777~1852年）是美国参众两院历史上最重要的政治家与演说家之一，曾任美国国务卿。"比起当总统，我宁可选择真理"是他的名言，作者在这里套用了这句话。——译者注

上并非周期性股票。这些庞大的机构玩家并不认真研究股票，它们是靠直觉和条件反射生存的生物，就像爬行动物一样。在我告诉你买入CSX股票时，我以为自己看起来很聪明，因为我指出了华尔街所犯的一个重大错误，但是华尔街却继续不断犯错误，而你却赚不到钱。你一夜之间就损失了7%！（正如我在上一章提到的，CSX公司首席执行官迈克尔·沃德在我的节目上为公司股票作了非常出色的辩护，但你在他来之前还是遭受了损失。）

如果你确实喜欢一只股票，而华尔街却认为它在商业周期中会受到不利影响，你需要等待更好的买入机会，即在商业周期对其更加有利，同时大型投资者更可能买入并推动股价上涨的时候买入。我在联合健康集团股票和CSX股票上与商业周期的对抗都失败了。我不会重复这样的错误。正确的做法是：不要再涉及这只股票，卖掉它，任由股价下跌，在忍受损失造成的痛苦之后重新买入。不要对抗商业周期，不要重复我的错误，因为犯这样的错误，你会付出高昂的代价。

2.所有事物都存在相应的市场，你要留意这一点。 人们倾向于把股票看成代表公司股份的凭证，但股票市场并不是这样运作的。股票是在市场上进行交易的凭证，不同的投资者以不同的理由对其进行估值。不同类型的股票有不同的市场。如果你忽略了这个事实，你就会面临失败。如果市场上充斥着某种类型的股票，比如说是互联网股票，则所有这些股票的价格都将下跌。这一幕在2000年就曾发生过。当时新上市的互联网股票实在是太多了，而对这类股票的需求却只有那么多。这些需求是由大基金创造出来的，是有限的。基金经理只需要这么多互联网股票，对其他任何类型的股票的需求也不是无限的。你要注意这样一个事实：股票市场中有各种细分市场，如互联网股票市场、大宗商品股票市场、医药股市场、科技股市场，等等。如果市场供给过剩，那么就会像"经济学101"课程[1]描述的那样，市场上所有东西的价格都会下跌。同理，如果供给不足，比如说某个行业中一半的公司都被私有化，从而导致股票退市，则该行业中所有其他公司的股票价格就会上涨。如果你忽略了市场的这个性质，你就会遭受损失。

2006年4月7日丝涟公司首次公开发行股票并上市，我对该公司股票判断的失误使我丢尽颜面。在这件事后，我创建了这条规则。针对首次公开发行上市的股票有一个专门的市场，如果你想投资于这种新上市股票，你就需要关注该市场上的供求情况。这和股票的基本面一样重要。我确实很喜欢丝涟公司。我喜欢公司管理层在公司上市前安排的路演，并告诉人们买入这只股票。基于公司基本面和对公司股票有充分需求的预计，我推荐在不超过18美元的价位买入丝涟公司股票。而实际情况是，股价最高达到18.2美元，然后接下来几周就不断下跌，最后在两个月后的6月份见底，此时股价大约为12美元。我为什么会认为对丝涟公司股票有大量需求呢？在丝涟公司上市的同一季度，安德玛公司、蒂姆·霍顿公司和iRobot公司的新股首次公开发行上市都引发了对公司新上市股票的巨大需求。我对这些股票的判断都是正确的，但这并没有转化成对丝涟公司股票的正确判断。我当时认为既然对此前上市的这些股票存在大量需求，那么

---

[1] "经济学101"课程是美国大学的经济学基础课，主要讲授微观经济学基本原理。——译者注

对丝涟公司股票也会如此。但实际情况却恰恰相反，市场对新上市公司股票的需求有限。当丝涟公司上市时，很多需求已经被满足了。当时新上市的公司实在是太多了。丝涟公司上市的那个季度是自互联网股票热潮以来新上市公司数量最多的一个季度。这就是说，当时新上市的股票已经是供过于求；由于没有那么多机构买家，所以丝涟股票价格就低于我的预期。机构投资者已经买够了想要的新上市股票，它们已经被新上市的股票撑饱了。

如果我关注了新上市股票市场，关注到当季已经发生了这么多的新上市股票交易，我就不会这么看好丝涟股票了。新上市股票的供给太多了，即使有比以往更多的需求，供给过剩仍然会对丝涟股票造成冲击。所有股票都有对应的市场，如果你忽视市场，你就会漏掉决定股价的一些非常重要的因素。丝涟公司的首次公开募股是当季品质最差的首次公开募股，而丝涟股票则是当季上市的最劣等的股票。当你查看不同类型股票的供求状况时，你还应该注意该市场上股票的品质。如果市场上股票已经供过于求，则该市场上品质最差的股票将跌得最惨，而如果市场上股票紧缺，则品质最好的股票给你赚的钱最多。2006年二季度市场上的新上市股票已经过剩，而丝涟则很可能是品质最差的新上市股票。我当时知道这一点，因为丝涟公司是在被杠杆收购后上市的。

这里需要对那些没有经历20世纪80年代并购热潮的读者解释一下杠杆收购的含义。杠杆收购就是一家公司借入大量资金来购买另一家公司，并以合并后的新公司作为借入债务的担保。新的所有者用被购买的公司产生的利润偿还借入的债务。丝涟公司曾被一家杠杆收购公司买下，而现在正要被原来的买家卖掉。丝涟公司的首次公开募股就是为拥有公司的杠杆收购者赚钱。记住这一点：你不能相信一家通过杠杆收购产生的公司。投资银行会向你推销这些公司的股票，但是它们更偏爱杠杆收购公司，因为它们与这些公司开展的业务比与普通投资者开展的要多得多。投资银行家为了得到所有杠杆收购公司的交易业务，就要引诱你上钩，他们只想从源源不断的、企图榨取你钱财的收购交易上赚钱。杠杆收购的一整套把戏就是企图通过高价卖给你本不值那么多钱的股票来赚钱；在这一点上除了你自己，没有人会关注你的利益。本来我应该帮助你的，但我却在丝涟公司这件事上搞砸了。华尔街上所有大型机构投资者都知道丝涟公司在这方面存在的问题。它们知道丝涟公司的首次公开募股只是用来为杠杆收购公司赚钱，而不是为你赚钱，它的股票也没有宣传的那样好。如果丝涟公司股票只是当季唯一的大规模新上市股票，那么它可能会有不错的表现，那样我的判断就有可能是正确的。但因为丝涟公司是当时大量首次公开募股中最差的一个，所以那些可能想买入新上市股票的机构已经买入更好的公司的股票了。

现在你已经从我的错误中学到了教训，你知道应该分别关注交易不同类型股票的市场，并像对待任何其他商品一样把这些股票看做是供给与需求问题。如果你记住这一点，你就不会像我在丝涟股票上那样遭受损失。

3.只做股票功课还不够，你要做的是正确的股票功课。不同类型的交易和投资需要不同类型的股票功课。我总是告诉你们做股票功课，但做股票功课的具体含义取决于你要完成的目标。没有比这样的事情更危险的了：你认为你做的所有股票功课都是对的，但后来却发现对公司的研究搞错了方向。如果你打算对一只股票投资18个月，你就要查看公司的基本面，并确信它在这段较长的时间里会有良好的业绩。如果你只打算持有股票一个月，你很可能需要寻找能推高股价的特定触发条件；在这种情况下，你需要研究关于触发条件的所有信息以及公司与该条件的关系。如果你试图在一夜之间赚大钱，你就无疑是在对单一的特定触发条件下注，而且你需要尽你所能去了解关于这个条件的所有信息。如果你想一夜致富，你就完全不必知道公司长期的、两三年后的发展前景，你只需要知道公司现在的情况。了解这些事情中的任何一件都需要不同类型的股票功课。如果你混淆了不同类型的股票功课，你就无法胸有成竹地进行交易或作出投资决策。这就意味着你什么钱也赚不到。

在我2005年8月15日推荐迪克体育用品公司后，我不得不为自己创立这条规则。我把这家公司的股票作为当周荐股，为此不惜以自己的信誉冒险，但是我所做的股票功课的种类是错误的。我推荐迪克体育用品公司时，它即将在第二天公布赢利情况。你知道我总是告诉人们要做股票功课，绝不要在交易时间结束后去买股票，并且要一直使用限价委托指令。我也知道当我解释这些规则时，认真听的人并不多。我说过迪克公司当季业绩将非常好，而我知道人们在听到我的看法后为了迅速赚钱，纷纷在第二天早上公司公布业绩之前跑去买入该公司股票。我推荐迪克公司股票的当天，公司股票收盘价为39.23美元。在我推荐这只股票后，股价在盘后交易中超过了40美元。第二天，迪克公司公布了赢利情况，远远低于预期。第二天，迪克公司股票以35美元开盘，随后股价一路下滑，以32.9美元收盘。如果你在盘后交易中以40美元的价格买入这只股票——而且你很可能要支付接近41美元的价格——并且一直持有到收盘，你在这次隔夜投资中就会损失几乎18%的本金。一夜损失18%真是糟糕透了。

我在当季业绩公布之前推荐了迪克公司股票，但对当季我没有做足功课。我分析了迪克公司的长期基本面。我了解了公司现有的店面数量，并对迪克公司得出了评估结论：该公司是一家从区域经营向全国范围经营扩张的零售企业——由于公司成长性好，且华尔街也偏爱高成长性的公司，所以这种类型的公司能给你赚很多钱。我作的这些分析都是有意义的，进行这些分析是你做股票功课的一部分。但这些分析对你操作基于触发条件（比如公司的赢利状况）的交易没有帮助。如果公司赢利低于预期，则公司股票价格下跌的可能性就非常大。如果公司赢利超过预期，你的股票价格就会上涨。作为投资者，如果你试图通过公司赢利报告来操作，你只需分析公司报告的最近三个月的赢利情况。该公司最近三个月的同店销量、营业收入和利润，将会低于、符合还是超过预期？公司当季业绩会非常好还是非常差？是否会据此调高或降低对全年剩余月份的赢利目标？如果你要对公司赢利报告下注，你就必须自己回答这些问题。你不必了解店面数量，不必估计迪克公司在市场饱和、停止增长之前能在美国多少个州建立多少家店面；你也不必知道公司的长期增长率。你只需要知道当季的情况。

如果我再等上一天，等迪克公司公布令人失望的季度业绩而股价下跌之后再推荐迪克公司作为长期投资对象，那么我的股票功课就做对了，而由于迪克公司股票价格第二年有所反弹，你甚至还可以赚点钱。但是我并没有做到这一点。我刚好在公司公布季度业绩的前一天晚上推荐了迪克公司，而这实际上是在怂恿你尝试在一夜之间赚钱。但我却没有为这种隔夜交易做足功课。你需要真正了解你的各种交易和投资所应该做的股票功课的类型，并选择正确的股票功课类型来完成。并不是所有的股票功课都是相同的。我就犯了这样的错误，并因此再次在公众面前颜面扫地。你可以尽情嘲笑我，但一定要记住这条来之不易的教训。

4.拉丁美洲股票只适合交易。 世界上有些地区在政治和经济上都太不稳定，因而不适合投资，至少那些设定价格的大型机构买家或卖家是这样认为的。你可以在这些新兴市场赚许多钱，但你只是在交易，而不是在投资。如果你持有拉丁美洲股票的时间很长，你将一无所获。这些股票的价格会向上走，但又会很有规律地向下走。股价下跌也许是由于政治局势不稳定，也许是由于左翼政府有点过于稳定，也许是由于美联储提高了利率。我知道你认为拉丁美洲股票不会对美联储敏感，但事实并不是这样。拉丁美洲股票的交易环境就好像这些股票会受到美国经济健康状况的影响一样，虽然事实并非如此。拉丁美洲股票只适合交易的真正原因与拉丁美洲本身无关，而只与北美的对冲基金和共同基金有关。每个买入拉丁美洲股票的巨额资金管理人都是把它们当做交易筹码买入的。由于上面提到的各种原因，大的机构玩家实际上都讨厌投资拉丁美洲股票，而由于是这些机构投资者设定价格，你也无法投资拉丁美洲股票。美国的共同基金和对冲基金迟早会抛出这些股票，留下你独自拿着一叠急剧贬值的纸片。如果机构不投资，你也不能投资。你必须在机构逃走之前及时抽身，否则你将一无所获。

我不希望你将我说的这些与对巴西、俄罗斯、印度和中国（即"金砖四国"）进行投资相混淆，我本人总体认为投资于这四国的股票是好事。当我提到购买与巴西有关的股票时，我是指你应该购买向巴西出售商品的美国或欧洲公司股票。我不是说你应该投资巴西股票，因为这条规则决定了这些股票将不断下跌。无论这些股票当前多么热门，大型基金的基金经理只把它们看做纯粹的交易筹码，最终将一起抛售这些股票，并使股价一落千丈。

我在经历了哥伦比亚银行股票一事之后不得不写下这条规则。我在2005年8月3日推荐以近20美元的价位买入哥伦比亚银行股票，到2006年3月，我在这只股票上赚了将近一倍。6月，该股票价格又跌回到23美元多一点。哥伦比亚银行是哥伦比亚最大的银行，而它也是唯一受益于拉丁美洲市场的大发展和拉丁美洲信用体系革命的一家银行。拉丁美洲的很多人是第一次得到信用卡和抵押贷款。你们中的大多数人很可能已经不记得美国还没有信用卡的年代，但信用卡改变了一切，也使银行能够获得巨额收入。哥伦比亚银行就是这样一家通过信用卡获得丰厚收益的银行。除了哥伦比亚银行外，我还喜欢许多其他的拉丁美洲股票，例如巴西的布拉德斯科银行、拉丁美洲无线通信服务商墨西哥美洲电信公司等。所有这些公司的股价都经历了大幅上涨，但随后就迅速下跌。

美联储在2006年5月11日的加息举动引发行情下跌，这导致所有新兴市场股票暴跌。但这实际上并没有对像哥伦比亚银行这样的拉丁美洲银行造成影响。加息只是大机构攫取利润的借口。它们把哥伦比亚银行和拉丁美洲当做交易对象。它们有一套退出策略。在某一时点，它们一致认定交易结束，并开始抛售股票。但我却没有退出策略。我一直建议人们在上涨阶段买入哥伦比亚银行及其他拉丁美洲银行的股票，而且我在这些股票下跌时仍然看好它们。我忘记了这样一个事实，即这些股票的大型机构投资者并不把它们看做投资。它们都是准备在这些股票上赚一笔，然后套现离场，而由于大多数大机构都持有类似的想法，它们就会同时在市场上抛售，结果股价就自由落体般下跌。

我已经告诉了你在股价继续上扬而你也赚到钱时获利了结的重要性。我在哥伦比亚银行上几乎赚了一倍的钱，在这种情况下，我通常都会建议你至少卖掉一半头寸，这样你就可以用赚来的钱继续投资了。但对拉丁美洲股票而言，规则就不同了，因为大的美国机构投资者对待这些股票的方式有所不同。如果你在拉丁美洲股票上收益颇丰，你就应该卖掉所有股票，不然你的收益不久就会化为乌有。这就是我在哥伦比亚银行股票上的遭遇，不要让它在你身上发生。

为什么我要单独挑选拉丁美洲股票来分析呢？为什么不是东亚、不是俄罗斯呢？非洲在发达程度和政治稳定上都不如拉丁美洲，为什么不分析非洲呢？实际情况是，这与拉丁美洲无关。基金经理对东亚国家的投资信心要强一些。他们几乎把中国和印度捧上了天。而虽然俄罗斯的腐败程度令人难以置信，但很可能由于它算半个欧洲国家，并且天然气资源极为丰富，它仍然能获得额外的信贷。不管俄罗斯天然气工业股份公司这样的公司有多么腐败——顺便提一下，这是俄罗斯一家国家持有部分股份的天然气公司——但它拥有全球储量最大的天然气资产。大部分非洲股票都是自然资源类股票，这些公司拥有大量金、银、铂和钻石。这些股票即使是在内战期间也有不错的表现。事实上，与安哥拉采掘业相关的股票在安哥拉

30年内战期间的表现比在随后的和平时期的表现更好。如果非洲发展到一定阶段，并拥有服务业部门或工业部门公开上市的公司，那么这些公司的股票也会成为被不断交易的对象，正如拉丁美洲股票一样。但从目前来看，由于机构资金管理人认为拉丁美洲的股票不适合投资，只适合交易，所以这条规则基本上只适用于拉丁美洲公司。

5. 不要害怕说"太难"：餐饮业的同店销售额①**这样的指标太难预测了。**市场上有数以百计的不同的赚钱方法，但不是每件事都值得下赌注。有些计量指标太难以预测了，这意味着你不应以此为依据来投资。对冲基金愿意对任何事情下注，但这并不意味着它们拥有行之有效的方法；这只是表明它们为了赚大钱愿意到处去下巨额赌注。但是这样就使得市场上的一切变得比过去更加反复无常。就我在节目中的经验而言，最难以预测，同时也是我认为你应该完全避免预测的计量指标就是餐饮服务业的同店销售额。数以百计的对冲基金试图判断出餐饮业股票的同店销售额将如何变化，而基于是否看好该指标，这些基金或者加大仓位买入，或者进行卖空，这会造成市场波动。这些对冲基金如果判断失误，都将平仓，如果股价下跌就卖出，如果股价上升就回补空头仓位。这就使得对餐饮业的营业收入下注十分危险，你可能赚大钱，也可能血本无归。

预测同店销售额是危险的游戏，而我认为你无法赢得这场游戏。无论是你、我还是其他任何人，要准确预测这些数据都太困难了。在没有足够

---

① 同店销售额（same-store sales），又称单店销售额、可比店销售额，是由营业时间在一年以上的店铺产生的、可进行同期历史数据比较的销售额。该指标剔除了营业时间不足一年的新店及最近关闭的店对销售额的影响，即在进行同店销售额比较时，由于在短期内扩张店面或关闭店面所引起的销售额变动不被考虑进去。——译者注

胜算时，你绝不能进入变幻无常的领域，而对餐饮业的同店销售额来说，请相信我，没人有足够的胜算。你不值得为此冒险，除此之外有更容易的赚钱方法。如果你想在同店销售额数字上赌一把，就选择对零售商下注，提前判断出这个指标要容易一点。如果想投资餐饮业股票，你就应该将投资期限设定得长一些，这样你不必为每个月的同店销售额提心吊胆。自从我在达美乐比萨公司股票上遭受失败后，我就提出了这条规则，并一直坚持执行。我在该公司股票上犯了一个大错，起因是2006年4月25日我对公司首席执行官戴维·布兰登进行了访谈，然后我就推荐了该公司股票。2005年达美乐比萨公司同店销售额增长率十分惊人，这意味着它要在2006年维持或超越该增长率是相当困难的。我向公司首席执行官提出了这一点，但他向我保证公司能够实现既定的同店销售额目标。我相信了他，而且我确信他是完全诚实可靠的。但是他的判断是错误的。此后不久，达美乐公司的公告表明，公司的同店销售额下降了。在随后3个月里，公司股价从我当初推荐时的28美元下跌到22.5美元。

你应该吸取的教训并不是我本应坚持自己的看法，并保持怀疑态度。这件事的教训比这一点更加重大，更加令人沮丧。当公司首席执行官告诉你公司业绩会很好，那么他就是这样认为的，而除了首席财务官外，有谁比公司的首席执行官更了解公司呢？当然，我最初关于达美乐公司的看法可能是对的，但我的正确看法并非建立在大量的分析之上。我知道达美乐公司将面临苛刻的比较，也就是说公司2006年的增长率要与2005年极为突出的增长率相比，但是许多公司以前也经受住了同样苛刻的比较，并取得了胜利。你在这里真正应该吸取的教训是，要判断出餐饮业的同店销售额实在是太困难了。有太多因素影响该指标，包括关于消费者支出、饮食习惯等因素（我们对此没有多少有用信息），以及关于特定零售促销活动成功与否的信息。即使是应该比其他人更了解公司的达美乐首席执行官也不能准确预测公司的同店销售额。既然连公司内部人士都无法预测自己公司的同店销售额，我想不出别人为什么应该能够预测。这就是我不希望你通过这个计量指标来投资股票的原因——准确预测同店销售额太难了。

这个问题并不只限于达美乐公司，甚至不限于弄错同店销售额的那些公司。我发现潘娜拉面包公司和星巴克都发生了与达美乐类似的事情。潘娜拉面包公司是餐饮业中从区域经营到全国范围经营扩张最成功的公司之一，我曾经对这家公司持完全支持的态度。但是他们在2006年7月25日报告了二季度赢利情况的同时，调低了下个月和全年剩余月份的同店销售额目标。该公司也扩大了全年预期赢利下滑的幅度，但最终给公司股票造成重创的是同店销售额目标，它使公司市值一夜缩水12%。潘娜拉公司原本预计赢利会持续走高，但是由于上市新品表现不佳，公司不得不调低赢利预测。他们本来预计新品上市会进一步拉动销售，并降低成本，但实际销售情况却压垮了股价。谁能预测到这种结果呢？此后不久，同样的遭遇也发生在星巴克身上，原因是星巴克改变了菜单。这一次仍然没人预测到。面对这样的实际情况，谁还会尝试对同店销售额下注呢？这些餐饮业对自己的命运缺乏控制能力，很容易受到损害。你可以对它们进行长期投资，因为试图对同店销售额这样的短期指标下注曾带给我无尽的伤害。

在星巴克这个案例中，他们2006年8月3日发布的报告表明，公司二季度业绩良好，但是7月份的同店销售额令人失望。这只我一直看好的股票收盘时股价下跌了8%。星巴克公布的7月同店销售额增长率为4%，而该公司以前预测的增长率范围比较宽泛，为3%~7%。如果同店销售额增长率达到5.1%，就会被认为是高于预期，而股价可能就会上涨。但是你无法知道星巴克公布的同店销售额增长率是4%、5%还是6%，因此我建议你不要依据同店销售额来对这类股票进行投资。根据经验，我知道你不能依靠这些数字，你也无法对这些数字作出可靠的预测。同店销售额是极难预测的计量指标之一，除此之外还有无数其他方法来投资赚钱，所以你要学会避难就易。星巴克杰出的董事长霍华德·舒尔茨在下一个月就为他自己和公司挽回了声誉，但是人们在这段时间中遭受了很大损失。由于舒尔茨非常杰出，而且他为公司制订了很好的长期增长计划，所以星巴克值得作为投资而持有。

6.不是所有生产大宗商品的公司都像它们的产品那样可以相互替代。当你查看一组石油生产商，或者铜、镍、石材生产商时，你可能会自然地认为所有生产同种产品的公司的股票都差不多。它们从事同样的业务，生产的产品也完全没有差别。毕竟，一家公司的一吨铁矿石与另一家公司的一吨铁矿石有什么差别呢？但这样想就错了。我过去曾因这种想法而遭受损失，你也可能因为这样想而在以后遭受损失。公司并不仅仅是把投入的原材料变成产品并产生利润。即使生产大宗商品的公司也不是按这种方式运作的。石油公司或矿业公司把本应容易操作并能够赢利的流程搞砸的方法实在是太多了。这就是你不能像对待大宗商品那样把生产大宗商品的公司也看做可以相互替代的原因。即使是在你认为可能所有公司看起来都差不多的行业中，你也必须区分好的、坏的和令人不快的公司。如果你假设所有的石油公司、天然气公司或矿业公司本质上相同，那么你最终就会持有最差公司的股票，并迅速损失掉大量金钱。

在Energy Partners公司上犯下大错之后，我不得不提出这条戒律。2006年4月13日，我在24.35美元的价位上推荐了Energy Partners公司股票。Energy Partners是一家勘探、开采石油和天然气的公司，但它严重依赖于在墨西哥湾勘探新的石油资源。我认为Energy Partners是最便宜的资源勘探与开发股票之一。由于严重依赖墨西哥湾，所以卡特里娜飓风和丽塔飓风袭击了Energy Partners的生产设施，并在2005年四季度和2006年一季度给公司业务造成损失。但我当时认为Energy Partners并没有被飓风打垮，而且他们已经准备好通过开采新的石油资源来赢利。我真是大错特错。在我推荐这只股票后的两个月后，6月13日，股价就下跌到17.67美元的最低价，比我最初推荐时下跌了25%。如果你持有这只股票足够久，你最后还是能够在该公司面临收购要约时回本，但也仅限于此了。这次收购要约在我推荐该股票时就提出了，因此你得到的只是烦恼，却没有任何好处。这次我犯的错误就是认为所有勘探、开发石油和天然气的公司都差不多，而既然它们的产品都相同，Energy Partners的股票就没有理由比同行业公司股票便宜这么多。

如果股票便宜，那么通常就有便宜的原因。Energy Partners公司股票便宜的原因，并不是仅仅因为卡特里娜飓风对公司造成了许多一次性破坏，而是因为它是一家执行力差、经营不善的公司。Energy Partners所做的两件事确实使其与其他勘探开发公司存在显著差异，从它身上我们得到了不能同样看待所有石油和天然气公司的两条理由。第一，2006年5月9日，Energy Partners公布了二季度赢利情况，结果令人大失所望。华尔街希望达到47美分，但是Energy Partners只实现了37美分。尽管对Energy Partners赢利状况的市场平均预期已经很低，但公司的赢利状况还是低于预期结果。这是少承诺、少兑现的明显案例。Energy Partners在二季度还是没有从卡特里娜飓风的打击中恢复过来，而尽管华尔街由于飓风影响已经调低了预期，该公司的业绩表明它还处于混乱中。其他大部分在墨西哥湾有勘探和开发业务的公司已经恢复过来，但Energy Partners却无法做到。这家公司执行力太差，它无法使自己恢复到原来的状态。

一家好的石油天然气公司在遭受卡特里娜飓风袭击的8个月后就几乎能够完全恢复，但是Energy Partners不是一家好公司，而这里"好"与"坏"的差别就是赚钱和赔钱之间的差别。Energy Partners所做的使其异于其他勘探开发公司的第二件事就是，Energy Partners采取了另一个愚蠢的行动。我推荐Energy Partners的理由之一就是它是一家容易被大型石油公司接管的小公司。但是Energy Partners的管理层却决定不被接管，而是去收购另一家公司，即斯通能源公司，并为此支付过高的价格。收购通常导致股价下跌，而昂贵的收购会使股价下跌得更厉害。这宗收购案是Energy Partners在这个糟糕的季度之后股价持续下跌的重要原因。糟糕的管理团队会通过糟糕的决策使你遭受损失。Energy Partners生产与其他公司完全没有差别的产品，这一点并不能使其成为与其他石油天然气公司同样的公司。如果我当初更愿意相信这些公司都是不同的，并且糟糕的管理团队可以通过多种手段把事情搞砸，我就绝不会推荐 Energy Partners 这只股票。

我在2006年7月21日又犯了同样的错误，尽管结果没有那么严重。由于高速公路建设支出加大，我推荐了瓦尔坎材料公司和马丁·马丽埃塔公司，因为这两家公司都生产骨料（一种用于筑路的石料）。还有什么比石头更能相互替代的呢，是吧？但这次我又错了。虽然两只股票在接下来三周都有显著上涨，但截至8月7日，瓦尔坎材料公司股票上涨了12%，而马丁·马丽埃塔公司股票只上涨了9%。瓦尔坎公司上涨幅度更大是因为它是一家不同的公司。该公司在加利福尼亚州有石料来源，而加利福尼亚州正是大部分大型公路建设项目的所在地。即使这些公司生产完全相同的产品，从而使得它们看起来相同，但实际上它们还是不同的，而它们之间的差别将使你赚钱或亏钱。如果公司生产一种大宗商品，那么它的股票不应该像大宗商品那样被交易和估值。即使石头也可能存在差别。记住，行业分析只决定业绩的50%，而不是100%。在将一家公司与其看起来相似的竞争对手等同起来之前，你需要查看该公司更多细节性的信息，否则你就可能像我在 Energy Partners 中那样遭受损失。

7.曾经业绩斐然并不代表未来获得成功。 如果你在一个行业的股票上赚了许多钱，你自然会觉得该行业的股票会一直给你赚钱。你的直觉就是继续利用这种趋势，不断找到利用这种已给你赚得大钱的趋势的新方法。我知道你这样想，是因为我也有这种直觉。依据你过去在某个行业股票上的成功来投资是错误的；更糟糕的是，这样做成本很高。在一只股票上赚钱后，你绝不要因此而过于自信。不要让以往的成功影响你对同行业中类似股票的判断。每一笔交易、每一次投资都是不同的。我不喜欢用赌博来类比，但这样有助于说明问题。当你玩扑克牌时连续拿到两个21点，这会增加还是减少你下一次获胜的机会呢？你知道不会有什么影响。扑克牌没有记忆，尤其是通过洗牌被打乱后。对股票也是如此。我们都希望可以持续取得成功，我们想成为常胜将军，因而我们就去寻找与我们以往的成功一致的股票。但即使你觉得这样做是对的，照这样投资还是注定会亏钱。如果你投资时选对了股票，我知道你会觉得这只股票似乎应该与其他股票有联系。如果你在通用汽车公司股票上赚了很多钱，你就会开始这样想：既然通用汽车公司这么好，那可能福特汽车公司也会给我赚钱。这只是我们的程序化思维方式的结果而已，而这种程序化思维是错误的。你必须战胜直觉，并且不让过去的成功损害你研判股票的能力。

这条规则是我从波科海姆公司这只股票上总结得到的。我在推荐波科海姆这家电信设备供应商后不得不写下这条规则。我是2006年2月1日在《我为金钱狂：重返校园之旅》系列节目的第一站哈佛大学法学院推荐的这只股票。按市场份额计算，波科海姆公司是美国排名第二的电信设备供应商，我推荐它时公司股价为6.98美元。我曾说这只股票的价格还有30%~100%的上升空间。在两个半月后的4月份，该公司股价达到10美元多一点的最高位。这时已经是很好的卖出机会了，但由于我对这只股票非常有信心，所以我告诉人们继续持有它。到了7月，波科海姆的股价仅有2美元多。我看着这只股票一路上涨，然后又眼睁睁看着股价一路下跌。使波科海姆公司股价遭受重创的是公司最大的客户北电网络公司。我推荐波科海姆，但却讨厌北电网络公司。后者是家非常糟糕的公司，股票表现更差，而我本应知道它将给接触它的公司带来巨大的麻烦。我是从自己在北电网络股票上遭受损失的亲身经历中得知北电网络的情况的。但即使波科海姆与北电网络有密切的业务关系，我还是准备并且非常乐意向人们推荐波科海姆股票。北电网络本应该成为提醒我卖出波科海姆的信号，但我却忽略二者的业务联系，并不断告诉人们买入波科海姆公司股票。

我这次为什么会犯错呢？你怎样才能避免犯同样的错误呢？我在波科海姆上出错是因为我相信并想获得持续的成功。当我推荐波科海姆公司时，我在电信设备供应商股票上取得了多次投机成功，尤其是在波科海姆所处的光纤设备行业的公司上。除了业绩糟糕的朗讯和北电网络这两家公司外，在光纤设备行业中几乎每家公司都让我大赚了一笔。我在2005年9月推荐了捷迪讯光电公司和科胜讯公司两只股票。从2005年9月到我推荐波科海姆公司这段时间里，这两只股票可以给你带来50%、60%、70%、80%甚至100%的回报，回报的多少取决于你卖出的时点。捷迪讯和科胜讯看起来与波科海姆公司很相似。这三家公司业务相似，公司股票都是10美元以下的便宜股，并且三只股票都是投机性的股票。而前两只股票给人们带来了丰厚的回报。由于捷迪讯和科胜讯表现非常好，我也乐意相信波科海姆公司股票会有不错的表现。我在推荐电信行业股票时不断取得成功，股价便宜的电信设备供应商使人们发了大财，而我则一直在推荐其中最好的那些股票。我对此感到非常兴奋，而波科海姆将成为我王冠上的下一颗明珠。

正如你绝不应该因恐慌而卖出股票一样，你也绝不应该纯粹因为必胜信念而买入股票。我对捷迪讯公司和科胜讯公司股票的判断都是正确的，但是这些都与我能否对波科海姆公司股票作出正确判断无关。我本应依据公司的优缺点来评估，而不是让追求连胜的欲望干扰我的判断。如果我能将波科海姆公司看得更透彻一些，我就会知道这只股票最多适合短期交易，并且不久就会因为与北电网络的关系而使你遭受损失。我知道这条规则看起来很明显，但如果你不小心的话，显而易见的事情也会给你造成损失。当时我绝对不会承认，我看好波科海姆公司的股票，是因为它似乎与为我创下连胜纪录的股票非常类似。这样的理由是不理智的，但当时我又确实是这样想的。投资容易受到情绪和不理智因素的影响，而你会因此作出错误的决定，除非你能非常小心地控制自己的情绪。如果你不断取得成功，并完全沉浸在狂喜之中，这时你就应该后退一步，忘记你最近取得的成功，并专注于股票的基本面。

8.绝对不要根据别人的看法来投资。你我都知道关于市场的一些基本事实。我们对股票如何交易、经营企业时哪些做法可行或不可行都有一些明确的看法。有时这些看法可能不再正确，因而需要进行修正。我相信所有事物都是灵活可变的，这就意味着你不能抱着任何关于股票的教条不放。但你也不能抛弃自己的看法，尤其不能依据借来的看法——即别人的看法——来进行股票投资。别人的看法可能是公司首席执行官对公司的坚定信念，也可能是一名分析师或一个分析师团队的看法。如果你不是很相信分析师所说的，但因为这个分析师说这番话时十分自信，以至于你愿意相信他所说的话并买入这只股票，那你就错了。

听取公司首席执行官或分析师所说的话，与相信他们所说的并以此为依据进行投资，这两者之间存在重大差别。当你根据别人的看法来投资时，虽然你并不认同公司首席执行官对公司的信心或分析师对股票的看法，你还是买入了这只股票。当公司首席执行官告诉你说"这次与以前不同"，但没有告诉你为什么会不同，而你却相信他，这就是根据别人的看法来投资。他只是像政客一样试图赢得你的支持。当公司首席执行官阐述了一些似乎合理的内容，并给出了有说服力的理由，情况就不同了。他的看法变成了你的看法，因为他使你相信了他所说的话。你绝不应该买入与你关于市场运行方式的看法相左的股票。

就投资而言，不存在难以确定正确或错误的情况。你要么正确，要么错误。你会犯很多错误。我自己也犯了很多错误。犯错的感觉确实不好受，但事情并非世界末日这样糟糕，尤其是你正确的次数比错误次数多的话。而如果你幸运的次数比错误的次数多就更好了。但有一件事甚至比出于个人原因误判股票更加糟糕，就是你因为听信了不值得听信的人而作出错误的判断。你绝不会情愿因为听信他人的看法而使自己遭受损失，尤其是在对他人的看法本来就将信将疑的情况下。你犯错误也应该是因为自己，而不是因为别人。不要因为听信别人的看法而额外惩罚自己。

我立下这条规则是因为我就犯了按别人意见购买股票的错误。2006年2月28日，我在19.35美元的价位上推荐了ViroPharma制药公司股票。仅仅短短的三周之后，这只股票的价格就跌到了11美元以下。当时我相信了关于该公司夸大其词的宣传，并说该股很容易上涨到32美元。而在2006年8月我写作本书的时候，ViroPharma的股票已在10美元以下徘徊几个月了。我在ViroPharma上犯了严重的错误，而你只要看看我在哪里出了错，就可以从这只股票上学到经验教训。我推荐ViroPharma的原因与华尔街上一些分析师喜欢该股票的原因相同。这家公司最近从礼来公司购买了万古霉素这种药物。万古霉素是市场上唯一能够治疗某种人们容易在医院感染的结肠炎的药物。向医院出售这种药物可以赚大笔的钱，因为这种药物是用于治疗由医院引起的疾病，并且医院可能需要为此负责。由于万古霉素是市场上唯一能够治疗这种疾病的药物，ViroPharma公司可以在从礼来公司购买这种药物之后大幅提价。

但这里有一个很大的问题。万古霉素已经超过专利保护期了。我现在彻底认识到超过专利保护期的药物几乎毫无价值。因为这些药物已经没有专利权的保护，所以它们无法给你赚钱；此时只剩下一个商品名称和制药公司与该药品有关。任何喜欢这种药物的生产仿制药①的竞争对手都可以参与进来，并在市场上以更低的价格推出同样的药物。这就摧毁了你的定价权。你手中拥有的药物从一种具有受政府保护的垄断地位的产品变成一种可以相互替代的普通商品。我知道专利失效的药物的这一情况，但ViroPharma公司的管理层和大部分涉及这只股票的分析师却坚定不移地认为，ViroPharma公司可以通过某种方法战胜这条规律。我从没见过有公司能够战胜这条规律，也从没见过哪家制药公司在一种重要药物超过专利保护期后能够不遭受损失。但是ViroPharma的管理层和热爱该公司股票的分析师却完全相信公司可以不受影响。他们从来没有就为什么仿制药的竞争威胁不会迫使公司降价这一问题给出过令人信服的解释，但是他们对自己

---

① 仿制药（generic drugs）是指模仿受专利保护的创新品牌药而生产的药物。仿制药在药学指标和治疗效果上与品牌药是完全等价的，通常以其有效成分的化学名命名。仿制药一般在品牌药的专利保护失效后进入市场，其售价也远低于品牌药。——译者注

的看法是如此坚信不疑，以至于我认为他们一定是掌握了一些我所不知的信息。

我在ViroPharma股票上犯了大错，我不希望你犯同样的错误。如果分析师或公司高管狂热地坚持你认为是错误的看法，你就应该坚持自己的判断，不要轻信所谓的专家。我这人比较偏执，每当别人提出荒谬的论断时，我总是认为这些人知道一些内幕消息，但通常他们其实什么也不知道。一般来说，如果有人说的话根本是讲不通的，但他本人对此还坚信不疑，那只能说明他是错误的。我以前在跳蛙公司这只股票上犯了同样的错误，但直到在ViroPharma上遭受损失后，我才吸取了教训。跳蛙公司是一家正推出玩具笔的玩具公司。我确实不理解这只股票有什么吸引力，但一些分析师以及公司管理层都认为公司将取得巨大成功。我最终接受了他们的看法，但不是被他们提出的依据而是被他们的热情所说服。结果证明我错了。你绝不要因为别人对某只股票很有信心而热衷于这只股票——你应该自己对股票有信心。如果你根据自己的看法购买股票，即便犯了错误，也无须怨天尤人了。

9.如果你的股票止跌回升的势头很猛，你需要确信它确实具备上涨的基础。不要被这种模糊不清的想法所迷惑，即认为一只股票可能受益于特定的板块。你要明确知道你持有的是什么股票，以及为什么持有它。当你认为像医疗保健和高科技等大板块的股票都开始上扬时，你对选择什么股票必须非常谨慎。除非是由于商业周期引起的行业轮转的表现，否则一个板块的股票整体上涨是很少发生的。但你还是会听到人们经常谈论"科技板块反弹"、"医疗保健板块反弹"或"交通运输板块反弹"等。当你知道某个板块正整体上涨时——但是这种整体上涨是用板块来笼统定义的，而不是用组成这些板块的行业来定义的——你不能盲目买入任何你认为可能属于上涨板块的股票。你必须小心谨慎，像使用细齿梳那样仔细梳理你的股票。这种上涨究竟出现在哪个板块？你要对出现这种板块整体上涨的原因以及哪些公司在推动上涨作出判断，然后持续关注这些公司。少数几家公司股价的上涨很可能并不代表范围更广的上涨，所以不要把这几家公司股价的上涨概括为范围更广的板块上涨。你必须尽可能在最具体的层面上知道你有什么股票，以及为什么持有它们，尤其是当你赶上牛市行情，有许多钱可以赚的时候。你肯定不想错过上涨行情，而你能够确保不错过的方法是查看上涨行情具体是由哪些股票驱动的，并找出哪些股票会在基本面的支撑下参与这一轮上涨行情，而不是被板块整体上涨行情所迷惑。

这条规则是从我最严重的错误之一，同时也是我最成功的推荐之一中总结出来的。2005年6月22日，我预测当年四季度科技股将会大幅反弹，而这次反弹趋势将很可能持续到2006年年初。我总体上是正确的：在这一时期确实出现了科技板块的大幅上涨。但我没有充分重视细节，很可能导致许多人错过了这次反弹中涨幅最大的股票。发生这种情况是因为在6月22日我提出反弹趋势的那一天，我在手上分别写下了微软公司和思科系统公司的股票代码MSFT和CSCO。我推荐这两只股票不是因为我认为它们不错，而是因为我对科技板块反弹非常自信，认为即使是像微软和思科这样的滞涨股也会有所表现。这是一个严重的错误。科技板块并不是一个单一、同质的行业。许多科技股与其他科技股毫无共同之处。科技板块不像汽车板块，不管发生什么情况，汽车板块发生的每件事情总是与汽相关。而科技板块下面还有若干规模庞大、地位重要的细分行业；科技板块中的股票被划分到一起，并不是因为它们彼此之间的业务存在关联，而是因为它们出售的产品或提供的服务都被打上了"高科技"的标签。科技板块这种股票分类方法容易使人迷惑，甚至连我也栽在了这种分类方法上面。

我当时说科技股的这波反弹行情最可能在2005年四季度发生，并且可能持续到2006年，而如果看一下这次科技板块反弹的时间范围，你就会发现微软和思科股票的表现都令人失望。当6月22日我在手上写下微软股票代码时，该股票价格为25.07美元；而写在我另外一只手上的股票——思科的收盘价为19.2美元。现在我们迅速切换到科技板块反弹达到最高点的2006年2月1日，这一天和我预测科技板块见顶的时间非常接近。当天微软收盘价为28.04美元，与它在2005年6月22日的价格相比上涨了超过11%，乍一看还算不错。思科股票在2月1日的价格为18.53美元，大约下跌了3.5%。如果你只看这几个数字，你可能会认为我推荐微软股票是正确的，推荐思科股票也至多是一个小错误。但你要记住，我们是在分析科技板块的反弹，而你必须将这两只股票与实际参与了我预测到的这次反弹的那些股票进行比较。如果你看见我手上写的字，你很可能就买入了微软或思科，而不是另一只好得多的股票。如果你考虑机会成本的话，那么选择微软和思科就是巨大的错误。例如，博通公司6月22日股价为36.43美元，而2月1日股价为68.33美元，上涨了88%。迈威科技公司6月22日收盘价为39.15美元，到2月1日已上涨73%，达到67.7美元。苹果公司从38.55美元上涨到75.42美元，涨幅达96%。而高通公司即使表现相对不那么突出，但股价也从6月22日的34.92美元上涨到2月1日的47.93美元，涨幅为37%。与这些数字相比，投资微软和思科股票都是最严重的错误，因为持有这两只股票使你不能在其他科技股上赚大钱。

我究竟错在哪里？你怎样才能不犯和我相同的错误？当我告诉你购买思科和微软股票时，我并不确定我推荐的这两只股票实际上能否受益于科技板块的这次上涨。我这次对股票的分析不够细致。我所说的科技板块反弹实际上是电子产品及生产电子产品组件的公司反弹。这些电子产品包括iPod播放器、手机、PSP掌上游戏机、Palm Pilot智能手机、黑莓手机等。我在6月22日宣告这次反弹时已经知道了这一点，因为我当时说这次反弹将会由高科技产品周期所驱动。这些电子产品公司都有自己的产品周期，这些周期将在2005年四季度和2006年一季度这段时间内逐步达到顶峰。这些电子产品生产商正不断推出新产品，销售肯定会受到促进。我知道这是一次电子产品驱动的反弹，但由于我相信科技板块中一部分股票的上涨力量会传导给板块中的其他股票，所以我为了强调还是把微软和思科的股票代码写在手上。然而事实证明，水涨不一定船高。

如果我在宣布科技板块反弹到来时知道这条规则，我就会确保找出这次反弹的准确原因，并检查自己提到过的所有股票，以确信它们受益于引起反弹的因素，即高科技产品周期。而生产网络设备的思科公司与这次反弹的实际起因没有关系。由于一些移动电话和手持电子设备采用了微软的操作系统，所以微软与这次反弹有联系，但它只是部分参与这次反弹而已。我本不应该把这两个名字写在手上，即使它们一般被看做"科技股"，也并没有得益于这次电子产品周期，因此并不构成这次反弹的一部分。你要知道你持有什么股票以及持有它们的原因，尤其是在可以赚大钱的时候。但即使没有很好的赚钱机会，你也应该做到这一点。华尔街可能很愚蠢，但还不至于蠢到去抬高那些看似与反弹有关但实际无关的股票的价格。只要认真关注引起你的股票上涨的原因，并确信这些原因是合理的，你就不会因为买错了股票而错过像科技板块反弹这样的机会。

10.不要试图战胜传统智慧。传统的智慧有其成为传统的理由。大型机构投资者的行为一般都比较相似。有时它们因在某些时间买卖某些股票而显得不理智或愚蠢。我经常情不自禁地去揣摩这些大型机构的运作方式，找出它们看起来愚蠢的行为，并试图借此战胜这些机构。我会抓住这些机会，买入被它们错误地低估而抛售的股票，或者卖出被它们错误地高估而上涨的股票。如果对冲基金和共同基金年复一年地重复同样的事情，并且似乎也没有因此赚到钱的话，你不要急于下结论说它们是死板的傻瓜。有时它们只是比较小心谨慎，而这样是有益的。反对传统智慧并不一定带来好处，攻击传统的人很少能够赢利。所以当你看见觉得没有意义的交易模式时不要心生傲慢。你要谨慎一点，考虑一下为什么基金以这种方式进行交易，而如果它们是因恐惧而这样做，那就尊重这种恐惧。恐慌使人损失金钱，但对不必要的冒险保持适度恐惧只会让你减少损失。

我在推荐蒙彼利埃再保险集团股票的可怕经历之后强迫自己执行这条规则。蒙彼利埃是一家再保险公司，就是为一般的保险公司提供保险的保险公司。2005年8月26日，我在33.72美元的价位上推荐这只股票时，我既傲慢又不谨慎。我认为自己已经找到了交易保险公司股票的好办法。

每年的飓风季节，保险公司股票的价格都会下跌。许多对冲基金和共同基金害怕这些保险公司将会为飓风造成的损失支付巨额赔偿，而抛售这些公司的股票。最近几年，保险公司股票都是在8月和9月之间的这段时间遭到抛售的，而在飓风过后，这些公司又会提高保费，股价甚至超过前期高点。飓风不会对保险公司造成严重损失，因为正如我对观众讲述的那样，保险公司已经预测了飓风可能造成的损失，并准备好了赔付资金。大型基金在飓风季节来临前和持续期间抛售股票完全是恐慌行为——至少我这样说过——而恐慌为你提供了一个赚钱机会。我说过，所有关于飓风的议论和担心纯粹是耸人听闻。如果你想赚钱，你必须看穿这种哗众取宠的把戏。我的观点是飓风季节会引发大机构非理性地抛售蒙彼利埃这样的优秀保险公司股票，并使其价格下跌，而你就有了在股价反弹前低价买入的机会。

在这里，我为你讲述一下在我推荐人们逢低买入蒙彼利埃公司股票后所发生的爆炸性后果的全过程。我推荐蒙彼利埃公司3天后的8月29日，卡特里娜飓风袭击了路易斯安那州，同时新奥尔良的堤岸开始开裂。这一天蒙彼利埃公司股票收盘价为34.03美元。一周后的9月6日，股价下跌到32.29美元。这看起来像我告诉人们买入这只股票时提到的那种下跌。这有可能是买入机会吗？可能不是。蒙彼利埃公司的问题是它愚蠢地把大部分保险业务集中在美国东南部，这就是说它基本上把所有鸡蛋都放在了墨西哥湾海岸这个不堪一击的篮子里。一周后，当卡特里娜飓风给蒙彼利埃公司造成的资金赔付成本开始逐步明朗后，收盘时公司股价下跌到25.99美元。如果你此时仍然听从我对这只股票最初的建议，你也许就会认为蒙彼利埃公司股价下跌到26美元纯粹是由于恐慌性抛售造成的，并将其视做一个绝佳的买入机会。但事实并非如此。丽塔飓风于9月24日在得克萨斯州和路易斯安那州登陆，而在丽塔飓风来袭后的第一个交易日即9月26日，蒙彼利埃公司收盘价为26.19美元。在一周后的10月3日，该公司股价进一步下跌到24.87美元。一旦蒙彼利埃公司开始统计卡特里娜和丽塔飓风造成的所有财务损失，并开始支付大量赔偿金时，公司股票就会遭到沉重打击。11月7日，股价已下跌到18.75美元。我在写作本书时，蒙彼利埃股价一直在15至20美元之间波动。这只股票遭受重创之后就一蹶不振了。

给蒙彼利埃公司造成损害的不仅仅是两次破坏力强的飓风，还有许多其他方面的原因，例如，它愚蠢地将大量业务集中在墨西哥湾沿岸，没有像好事达保险公司那样明智地停止对高风险顾客的保险业务。蒙彼利埃公司最后要支付的赔偿金比其拥有的资金还多。为了支付保单，蒙彼利埃公司只得在市场上进行第二次融资。它必须发行新股来筹资，从而稀释了现有股份在公司的权益。蒙彼利埃公司不得不在最不利的时刻这样做，而此前两次飓风已经使公司股票遭受重挫。这就意味由于每股融资额减少，它必须卖出更多的股票。这自然就使蒙彼利埃公司的股价一直处于低位。

不走运的是，我无法将在蒙彼利埃公司股票上的失误怪到运气不好或坏天气头上。我不是因为担心飓风，而恰恰是因为有飓风才推荐该公司股票。我看到大型机构投资者在飓风季节习惯性地抛售保险公司股票，而我根本没有尊重这种习惯。我试图在没有理解这种习惯的情况下来与其博弈。如果我当时已经订立了这条规则，我就不会推荐蒙彼利埃公司。我本应花更多时间来思考为什么这些基金要抛售保险股票，我本应意识到它们不是因为恐慌而抛售，而是因为一种正常的、理性的恐惧感。蒙彼利埃公司股价在我推荐它后不到三个月的时间里下跌了40%。这些基金感到害怕是正确的。如果我当时对这些保险公司股票感到恐惧，我就可以避免推荐购买一只只会直线下跌的股票。这只股票不值得你去冒这样的险。即使这两次飓风比较温和，我也怀疑这只股票能否在随后的6个月里上涨10%，而它在最初的两个半月里肯定不会上涨40%。即使对保险公司造成如此重创的飓风是十年一遇的，从风险—回报的权衡来看，为保险起见还是应该卖掉保险股。

你完全不必重复我在蒙彼利埃公司股票上犯的错误。不要无视你同行的习惯，尤其是他们那些看起来愚蠢、不可理喻的行为。通常人们买卖股票都有像样的理由，如果你认为同行的做法"愚蠢"并尝试与之博弈，那应该先透彻地理解对方的理由。

以上就是从我在《疯狂的金钱》节目中犯的10个最令人尴尬和最具有教育意义的错误中总结出的10条新规则。其中一些规则介绍了我分析市场的新方法。由于对冲基金和共同基金控制了市场中的巨额资金，它们的思维方式又非常相似，因而股票价格基本上由它们决定，所以这种新方法强调对它们的运作方式加以理解。其他规则是我从错误中以及通过在节目中对照这些错误不断重新评估我的判断和行动而获得的新教训。这些新规则与我在《克拉默投资真经》一书中提出的那套规则同样重要，而且更加符合最新的实际情况。遵守这些规则对你很重要，因为我创立这些规则是为了防止你和我自己再犯我已经犯过的错误。从我的错误中获取经验教训要好于你自己摸索，因为这样你不必付出什么。要自己悟出这些道理，谁知道会付出多昂贵的代价呢？按我的规则办事，不断补充新规则，遵守本书前面章节中关于股票功课、买入和卖出的纪律，你就会比其他个人和机构投资者具有优势。

JIM CRAMER'S
MAD MONEY

第九章

10条成功经验
——一些买卖股票的规则

正如我花了大量时间从我最失败的股票推荐中吸取教训一样，我也花了几乎同样多的时间从我最成功的股票推荐中总结经验。从错误中吸取教训要比从成功中总结经验容易。有时你只是凭运气从股票上赚到钱，因此你从中学不到什么。如果你选错了股票，你不能将其归咎于运气不好；你一定要认真反思，直到发现哪些方面自己做得不足。同时你也没有那么多的主观动力从最成功的股票上总结经验。一旦你选对了股票，你就容易情不自禁地松弛下来，并认为自己有一些特别的天赋。我并不相信天赋这种说法。不存在天赋好和天赋差的投资者，市场上只有坚持正确规则和错误规则的人——更糟糕的是，有些人根本不按规则办事。这就是你常常能从成功的选股中学到很多的原因，你可以尝试找出这些好的规则是什么，或者应该是怎样的。

在对我判断正确的股票进行仔细审视后，我归纳出了10条规则。本书对我推荐的股票是"投资"还是"交易"不作区分。关于这一点，由于市场本身非常复杂，所以交易和投资之间唯一的实际差别就是：对于交易，你可以提前知道退出策略；而对于投资，你只能在投资的过程中不断摸索退出时机。但是现在几乎没有股票值得投资，即使只是持有18个月。大多数股票都会上涨，但随后就会因某些因素而下跌，这些因素包括赢利下降、板块轮动、负面新闻，等等，你可以列举出很多。由于全球经济一体化的程度越来越高，投资股票变得更加复杂和困难。作为股东，如果你不想遭受损失就需要关注更多的事情。5年前的树脂成本，即公司为塑料支付的成本，比较稳定，并且对投资没有多大影响。而现在你需要关注树脂成本，因为它们在不断上涨，波动越来越大。这只是大量事实中的一个例子而已。

这就是我对在节目上推荐的最成功的"交易"型股票和最成功的"投资"型股票不作区分的原因。我只关注我的最佳股票建议。我是怎样选对股票的呢？我的10条规则中有6条来自于我推荐买入并且随后上涨的股票，另外4条则来自于我的最佳卖出提示。知道何时卖出与知道买入什么同样重要。知道何时卖出并彻底放弃一只股票，比知道买入什么股票要困难得多，同时也需要遵守更多的规则。我这样说是因为，这是我对过去一年在节目上最成功的股票推荐进行系统分析之后得出的结论。我的最佳股票建议就是那些能防止你遭受损失的建议，所以了解从最佳股票建议中总结出的规则就变得十分重要。

先从我成功荐股总结出的6条规则开始，之后再讲述从成功的卖出提示中总结的4条规则。正如我通过审视最糟糕的推荐吸取的教训一样，我从最佳荐股中总结的规则针对的是希望在市场中赚钱的个人投资者；而这个市场几乎完全被少数大型机构买家和卖家——即对冲基金和共同基金——所操纵。我已说过，这些基金经理的思维和行动模式通常都很雷同，通过分析他们的行为——这些行为很快就成为"市场"的行为——你可以通过有效的方法来进行系统化的投资。

1.追随华尔街的趋势：大部分时间它是对的。如果你根据趋势进行交易，买入已经上涨的股票，并希望趋势会推动它继续上涨，或者买入大型机构投资者喜好或选择的一组股票中的股票，你就是在试图通过追随华尔街而赚钱。除非你相信这些对冲基金和共同基金对一只股票的看法是完全错误的，否则你就可以通过观察它们过去的行为，并预测它们未来可能采取的行动来致富。如果大型基金开始迅速买入大量银行股，则银行股上涨的概率就很大。你怎么才能知道大型基金在买入呢？如果一只股票明显上涨，但没有出现要约收购，你基本可以确定是因为大机构在买入而推高了股价。如果股价明显下跌，道理也是一样的。当然，你不能靠华尔街来替你作出决策，你也绝不能仅仅因为价格上涨而买入股票。但是，一旦你完成了所有必要的股票功课，相信一只股票有良好的基本面和好的题材，然后看看华尔街对这只股票的态度，就有助于你决定是否购买这只股票。这样做对个股可能比对板块更加适用。如果你不知道怎样找到我所说的这类股票，随便浏览一下纽约证券交易所或纳斯达克股价创新高的股票名单就能看出市场动向。这些股票价格创新高不是没有原因的。

我已经告诉你不要与商业周期对抗，如果你这样做，你就是在和基金作对，并且会遭受损失。本条规则与此相似，但更加宽泛。你可能知道石油与天然气行业正处于繁荣时期，但如果你还知道康菲石油公司是主要的一体化石油公司中业绩最好的一家，你就可以赚更多的钱。这意味着该公司是华尔街青睐的一体化石油公司。基金在决定增持石油公司股票时首先想到的就是康菲石油公司，因此该公司股票就是基金买得更多的股票。如果你关注大机构投资者选择的股票，你就能预测这些大买家的行动，为你自己赚得大钱。

《疯狂的金钱》节目中关于通过追随华尔街来投资的最佳例子就是阿勒格尼技术公司。我在2月3日选择这只股票作为2006年最佳股票，当时该股票价格为36.05美元。一个月后的3月3日，我的这只年度股票收盘价为50.98美元，较我推荐时上涨了41%。4个月后，股价上升了72%，达62.02美元。5个月后的7月3日，收盘价达71.47美元，上涨了98%。从7月3日到7月11日这短短几天，该股票涨到84.53美元的峰值。在8月我写作本书时，即使股价已从高峰跌落，也从未跌破55美元，而且大多数时间是在60美元附近震荡。我在股价快见顶时告诉人们卖掉这只股票以获利了结，这样你至少可以赚一点钱，更好的情况是你可以大赚一把。你在股票上赚了一倍之后，你应该遵守投资纪律及时套现，并把所得存入银行。即使我说卖出时你没听我的建议，你在这只股票上还是赚了很多钱。那么我是怎样帮助你在这只股票上赚钱的呢？

通过跟随大型基金的行动。当然，阿勒格尼公司的基本面也相当好。它是一家生产钛和不锈钢的公司，当时这两种产品，尤其是钛的市场需求强劲得令人难以置信，航空工业周期的上升阶段强化了对钛的市场需求。钛的强度很高，但却比钢轻得多，所以它被用于制造燃油效率更高的飞机。这些良好的基本面都是买入这只股票的理由。但引起我注意的不是这些因素，而且这些因素也不是这只股票表现如此突出的原因。

我在节目上谈论阿勒格尼公司的理由以及我选择它作为年度股票的理由是，钛金属公司是2005年表现最好的股票。正如你想到的，钛金属公司生产钛。从这里我知道大型基金想持有与钛有关的股票，它们对买入与钛有关的股票感觉良好，因为它们在钛金属公司股票上赚了很多钱。我猜测它们会试图增持与钛有关的股票，而采用的方法是用阿勒格尼公司股票替换之前已经轻轻松松赚够了钱的钛金属公司股票。阿勒格尼公司并不只生产钛，但它正在扩展其钛业务。我研究了华尔街2005年喜爱的股票，然后选择一只与其相似的股票作为2006年的投资对象。如我所料，大型机构投资者按其一贯的做法办事：它们先看看什么股票能赚钱，然后就买入更多同类的股票。选择阿勒格尼技术公司股票非常英明，因为我买入这只股票既是遵循同时也是预测了大型机构玩家的行为。是这些机构投资者推高了这只股票的价格。是的，这只股票基本面很好，基金经理肯定也注意到了它的基本面，但是有些基本面更好的股票在5个月的时间里股价却没有翻番。阿勒格尼股价翻番了，因为该公司有良好的基本面，并且华尔街非常热衷于这只股票。如果你注意观察怎样做有效而怎样做无效，你就能想出好的投资点子。决定价格的大资金管理人是遵循习惯的动物：如果一只股票或一类股票赚了钱，他们会在类似股票上投入更多资金。当你预见到他们的这种行为时，你就能大赚一笔。

2.做一名赚钱的反向投资者。我刚才告诉你要顺势而动，但有时你可以采取与传统智慧相反的行动，并买入完全不受机构投资者青睐的股票来赚大钱。当然，你必须明白这样做的理由。并不是所有遭人厌恶的股票都会给你赚钱。大多数这类股票一直不被人喜欢，股价也持续下跌。如果你想买入你认为被大机构误判的股票，你必须在通常的股票功课之外花更多时间来研究。你仍然必须了解公司的基本面，你要知道市场对该股票所在行业的态度，确定自己买入的是一只好股票。但是如果这只股票看起来不受欢迎，你就必须额外做一件事：你必须了解为什么大型机构的资金管理人或分析师会改变对这只股票的看法。如果他们不改变看法，那么无论公司多么优秀，无论公司基本面多么突出，这只股票也不会上涨。

成功地进行反向投资的方法是，理解究竟是什么原因使得股票从无人问津变成受人追捧。你需要知道基金经理的想法。有一些简单的方法，可以帮助你了解机构投资者对股票的看法。如果对某只股票的赢利预期普遍很低，而你认为公司赢利将高于预期，那么你就有了一个买入这只股票的好理由。如果基金经理认为公司预期赢利情况很差因而不喜欢这只股票，那么当公司实际赢利情况好转时，他们对该股票的关注程度就会提高。实际情况通常要复杂一点，但你可以据此了解基本的逻辑关系。如果你无法解释一只没人喜欢的股票为何会突然得到大机构的喜爱，你就不能买入这只股票。不受人欢迎的股票不会大幅上涨。因为股票毕竟只是几张纸，所以股票价格要想上涨，即使不受宠爱也必须招大机构的喜欢。

我在节目之初推荐的Amylin制药公司和谷歌是我最成功的反向操作中的两个例子。现在人们可能不会认为谷歌是不受欢迎的股票，但从2004年8月该股票首次公开发行上市到之后一年的时间里，这只股票并不受青睐。与雅虎这样的竞争对手相比，谷歌股票的估值被打了相当大的折扣。投资者不大敢碰谷歌股票，即使是一些给予谷歌较高赢利预期的分析师也告诉客户远离谷歌。Amylin制药公司是一家专门生产治疗糖尿病药物的小型制药公司。我在2005年6月推荐这只股票时，它是最被低估、最受鄙视的股票之一。我推荐这两家公司时，我强调的不仅是它们良好的基本面，还包括机构投资者为什么会对这两只股票突然产生兴趣，并开始买入它们。

尽管Amylin公司已经有一种药投放市场，但2005年6月13日我在17.63美元的价位上推荐Amylin股票时，它基本上是靠一种新药吸引了我的关注。这种药叫做Byetta，它于我推荐Amylin股票的当天上市。大多数关注这家公司的分析师以及华尔街的大多数人——他们要么忽视，要么卖空了这家公司——认为Byetta不会成功。这种药治疗2型糖尿病；但尽管临床试验表明这种药很有效，由于它需要注射，所以华尔街还是认为它不会畅销。我不同意华尔街的看法。这只股票8月26日突破30美元，12月20日超过40美元，并在2006年7月5日达到50美元。它上涨并不是因为我对Byetta判断正确，而华尔街对Byetta判断错误，而是因为华尔街改变了看法。华尔街最终同意了我的看法。我推荐这只股票时就知道，如果Byetta的销售情况超出了华尔街对这种药设定的较低销售预期，或者对这种药开发出了新的应用或新的版本，大机构就会开始喜欢Amylin股票。这为什么会改变机构投资者的看法呢？华尔街厌恶Amylin股票是因为他们认为公司的药物销售困难，认为这家公司只是哗众取宠而已。我知道华尔街厌恶Amylin股票的原因是因为Amylin实际上是一只单一药物股票：如果你喜欢Byetta这种药物，你就会喜欢Amylin这只股票；而如果你厌恶Byetta这种药物，你就会厌恶Amylin这只股票。我完成了股票功课，认为这种药会取得不错的市场业绩——华尔街拒绝Amylin是愚蠢的。大多数糖尿病都是通过注射胰岛素治疗的，因此在我看来注射Byetta这种比市场上其他药物更有效的药并不是什么缺点。我是正确的，但如前所述，重要的是华尔街愿意放弃旧的立场，同意我的看法。

发生在谷歌身上的事情与此类似。人人都知道谷歌拥有巨大的增长能力和赢利能力，但人们却不敢果断买入谷歌的股票，而且大多数分析师一直告诉人们卖出谷歌股票。大机构投资者都对它退避三舍。在2005年3月15日《疯狂的金钱》节目首播当天，谷歌股价为178.61美元，而自从2004年8月谷歌公司股票以100美元首次公开募股时，我就一直在推荐它。掌控市场的大机构投资者因为非理性的原因而厌恶谷歌，但是非理性却能统治整个市场。20世纪90年代后期和2000年互联网公司的大型首次公开募股事件给华尔街的大部分基金经理造成了重大损失。他们仍然觉得通过网站赚钱的任何事物都是被炒作的噱头。但他们在谷歌上犯了错误，因为谷歌赚到了大笔金钱，并且取得了爆发式的增长。但我怎么知道他们会改变看法呢？我看到了所有高成长型基金为与谷歌最相似的竞争对手雅虎公司支付的价格。根据市盈率或PEG指标，他们为雅虎支付的价格远高于对谷歌支付的价格。他们对谷歌支付的价格较低是因为这是一家新上市的公司，而且他们不相信谷歌能实现华尔街预期的赢利或增长率。我知道一旦谷歌连续多个季度业绩均表现良好，大型成长型基金和对谷歌持负面看法的分析师就会忘掉互联网泡沫破灭造成的负面影响，并买入谷歌股票。但他们在买入之前需要进行确认，需要谷歌一个接一个季度的良好业绩来消除他们的不信任。一旦他们开始改变看法，谷歌的股价就会不断创出新高。

　　谷歌的这种情况与多个季度业绩良好且股价不断上涨的其他公司有什么区别呢？这里的关键在于，由于大机构投资者对待谷歌的态度缺乏理性，从而导致谷歌的股票被低估。通常情况下，对冲基金和共同基金对待股票都是比较理性的，至少在涉及到赢利情况的时候是这样的。如果某家公司多个季度业绩都很好，它的股价可能没什么反应，甚至反而下跌。但是如果某只股票是因为机构投资者不相信它能实现赢利预期而遭到冷遇——不是出于什么实际的原因，而是因为他们过去在类似的股票上遭受过损失——那么当这家公司季度业绩良好时，情况就完全不同了。良好的赢利情况对这些机构改变看法起了很大作用。如果你发现了这种情况，即大机构对一只股票基本都持负面看法，而你却认为他们错了，你就必须找出一些能使机构投资者改变看法的触发条件，否则你无法赚钱。你要一直记得市场上的大机构必须持有股票。这使它们必须对股票进行估值。当投资组合经理认真审视谷歌时，他们承认必须赋予谷歌股票最高的市盈率，因为它的增长速度高于任何其他大盘股。一旦他们采用这个最高的市盈率，就会计算出谷歌的股价为400美元，而我在谷歌股价还在200美元时就得出了这一结果。

　　3. 华尔街对优质股票看多的程度，以及对劣质股票看空的程度永远都是不够的。 当关注特定行业的分析师持看多态度，而你同意他们的看法时，那你应该看好该行业，并买入更多该行业中你最喜欢的股票。如果华尔街看空某个行业而你同意他们的看法，你就应该远离该行业的所有股票。总之，当关注某些股票的分析师看好这些股票时，市场表现总是比分析师预计的还要乐观；当他们看空这些股票时，市场表现会更加悲观。这意味着你获得了一个机会。如果分析师看好你喜欢的股票，你应该比分析师更加看好这只股票。你对该只股票的升值空间的预估应该高于分析师的预估。同样道理，如果你看到所有分析师都看空某个行业，但却仍然推荐该行业中的一些股票，这时你就不能买入这些股票。

2004年和2005年华尔街的分析师看好石油与天然气股票，但乐观程度不够。他们对这个行业适度看好，但因为不够乐观而错过了当时最大的牛市之一。这些分析师认为是高需求引起了油价上涨，但他们错了。实际情况是，供给不足和需求旺盛两方面的原因导致了油价上涨。我一开始就看好石油与天然气股票，而且几乎看好所有与石油相关的股票，而且我推荐的该板块中的股票一路上涨，因为我知道尽管华尔街看好该板块，但它看好的程度还远远不够。华尔街最后只得完全支持这些股票，由于他们对石油股的赢利预测和对油价的目标价格都太低，他们对石油设定的目标价格一而再再而三地被突破，这导致他们争先恐后地推荐石油天然气板块的股票。但要记住，他们只是追涨而不是领涨。这就是你作为个人投资者成功预测股价向上突破预测值的方法。

如果你再看看像波士顿科学公司、亚马逊、eBay或朗讯这样的劣质股时（我在这些股票暴跌之前就已经看空它们了），你将会看到分析师看空的程度也不够。当然，他们不喜欢这些股票，但他们从不会非常讨厌这些股票，而本来他们应该很讨厌它们。当房地产和住宅行业股票急剧下跌时，即使该行业情况很糟糕，一些分析师仍在推荐一两只房地产企业股票。而我当时一直在告诉人们远离所有的这类企业股票。

同样的情况还发生在宽带电话公司Vonage这只2006年上半年最差劲的新上市股票，以及所有广播类股票身上。我在Vonage上市前就说过这只股票很糟糕，而它在首次公开上市后就直线下跌。分析师对这只股票本应该更加看空，但他们是为从该公司上市中赚得不少好处的投资银行工作的。我知道按理说埃利奥特·斯皮策（前纽约州检察长）应该已经扫除了华尔街上的不良行为，但我认为在投资银行里，分析师和其他人之间无法做到完全的信息保密。这些分析师如果够聪明，而且想获得更多薪水的话，他们就会推荐与他们工作的投资银行有业务往来的公司的股票。他们不得不支持Vonage。他们帮助该股票以17美元的价格上市，他们还得在股票价格为15美元、12美元、10美元和更低的价位上继续推荐这只股票。

至于广播类股票，华尔街是看空的，但看空的程度还不够。我说过广播根本没有发展前途，还说过印刷类媒体也没有前途。在这两个案例中我都是对的，但分析师还在继续推荐报纸类股票和广播类股票。尽管我在主持广播节目，需要广播公司的支持，但我还是要说广播没有前途，因为我不在乎这些广播公司；我关注的是你的利益。分析师们不同意我的看法：他们必须推荐一些广播股，不然为什么一开始要研究这一行业呢？如果你能像我在节目中那样看懂分析师的动机，你就可以赚很多钱。当分析师对一只股票适度看好时，只要你认为他们正确，你就应该非常看好这只股票。当分析师对一只股票只是适度看空时，你就应该卖掉他们不看好的板块中的所有股票。

分析师对股票看多或看空的程度总是有所保留，这与他们接受的培训和工作的方式有关。华尔街大多数分析师被指派对某一单独的特定行业进行研究。他们将分析该行业中的大量股票。由于他们是特定行业的专家，所以他们不难把握行业的整体状况。但投资银行的运作方式不允许分析师对他们研究的所有股票都给予"买入"评级，无论如何，他们都必须给予一些股票"卖出"或"持有"评级。这就意味着，即使石油行业前景非常好，石油股也大幅上涨，一名石油行业分析师仍然得告诉你卖出几种石油股，同时对其他几种股票给予不痛不痒的"持有"评级。这就使他的乐观程度大打折扣。反之亦然。如果由于运营商的电信设备支出将被冻结，导致所有电信设备制造商的股票缩水一半，即使一名电信设备行业的分析师认为应该卖出整个行业的股票，他仍然会给予一些股票"买入"或"持有"评级。

好在我们不必按这些规则行事。你可以排除掉整个行业。而当你发现不错的行业时，你可以坚定买入该行业的股票，因为尽管分析师们已经看好这个行业了，但你知道他们看好的程度还不够。当所有分析师都一致看好时，人们有时会觉得自己像是在已经坐失良机之后继续追高某个行业。当股价已经见顶时这种感觉是对的。但大多数时候，如果分析师看好，而你更加乐观大胆的话，你就会取胜。

4.不要做势利眼。一些最好的趋势是华尔街完全看不到的。记住，分析师和基金经理是一小群非常富有的人（基金经理尤甚），他们大多聚居在曼哈顿区附近。他们远非全知全能。由于他们生活在与普通人隔绝的世界中，所以他们对许多情况都不了解。这一事实给我创造了许多赚钱机会，也可能会为你赚很多钱。因为管理资金的人基本上都很富有，至少会像有钱人那样花钱，所以他们常常忽视中低端产品、公司和股票的发展趋势。

他们都在塞克斯（纽约出售高级服装、鞋类、珠宝首饰等高品质服饰的百货零售店）购买服装，在棕榈餐厅用餐；他们不知道中低端领域发生的事情，因为他们在这些领域没有消费。同样道理，没位于纽约市中心的零售商店、银行和餐厅也经常被基金经理忽视。如果这些公司不错，它们最终会引起华尔街的注意，但你可以在他们还没注意到这些公司的时候买入它们的股票。

杰西潘尼（美国最大的连锁百货商店）是利用华尔街的势利眼这一弱点来赚钱的典型例子。我于2005年12月20日在54.51美元的价位上推荐了杰西潘尼这只股票，2006年3月该股股价突破60美元，此后就从未跌破60美元。如果你在65美元以上的价位卖掉它（该股票6月大部分时间都在此价位以上），你就会获得超过20%的回报。发生在杰西潘尼上的事情很简单。这家公司经营状况曾经很差，但后来情况发生了极大的改观。问题就在于华尔街上没人注意到杰西潘尼的变化。他们没有注意到是因为他们从不去那里购物，也许他们上大学时曾在那里买过百叶窗，但他们与这家公司的接触也就限于此了。我不是在开玩笑，事实就是这样简单。华尔街上的人都去内曼·马库斯、塞克斯或诺德斯特龙购物，他们绝不会去杰西潘尼。即使那些跟踪这只股票的分析师也不会真的想去任何一家杰西潘尼商店。尽管杰西潘尼是一家中档百货店，但对于他们而言，它的档次还是太低了。杰西潘尼从54美元上涨到65美元的大部分时间，大多数大机构都没有赶上，但我没有错过，因为我不是势利眼。我去杰西潘尼购物，而即便我从不去那里购物，我也懂得不能仅仅因为自己不去杰西潘尼购物，就把它的股票一笔勾销。

完全相同的事情还发生在达登餐厅和GameStop这两只股票上。在《疯狂的金钱》节目开播前我就很喜欢这两只股票，并且自节目开播以来，它们的股价基本上就一直在上涨。达登餐厅拥有橄榄花园和红虾海鲜等品牌餐厅。华尔街上没人去这些地方用餐，即使是跟踪达登餐厅的分析师也是如此。无论谁打电话来咨询达登餐厅的股票，我都坚决推荐。我恳请人们不要自以为是，而是要亲自去橄榄花园看看。你会发现那里的食物很不错，而且前来就餐的人总是排起长队。在2005年3月15日和2006年1月之间，这只股票从27.12美元上涨到40多美元。以下因素有助于我推荐这只股票：我的孩子们讨厌花哨的食物，而我也不想和他们到高档餐厅去浪费金钱。华尔街和多数大机构买家错过了这只股票的上涨行情，但是如果你观看了《疯狂的金钱》节目，并且在挑选股票时不那么势利，你就不会错过这波行情。

GameStop的情况略有不同，但也属于同一类型。GameStop出售视频游戏，由于大多数分析师和基金经理不玩视频游戏，所以他们忽视了这只股票。我喜欢这只股票，甚至在节目开播前就为我的公益信托买入了这只股票。在2005年3月15日节目开播当天，该股票收盘价为21.19美元。到6月1日，股价达到30美元，而到2006年1月31日，股价突破40美元。我女儿和我的一些同事玩视频游戏，所以我对GameStop发生的重要情况有所察觉。由于我注意到了视频游戏而华尔街却没有注意到，所以我在华尔街意识到所发生的一切之前就有机会低价买入该股票。

如果你能认识到分析师和大机构资金管理人的局限性，你就能够学会抓住机会。这些人总是自命不凡，但是他们的活动范围和兴趣领域都是非常有限的。任何不受华尔街关注的绩优股都是能给你赚大钱的股票。

5.关注政治，因为华尔街对钱过于关心，但对政治关注不够。 有许多公司依赖美国政府来赢利，还有更多公司可能因为国会决定给它们一点好处而发大财。华尔街的分析师以及大部分基金经理都不太关注这方面的情况。他们过于关注公司如何赢利，而对华盛顿可能发生的提高公司赢利的事件关注不够。这方面我的看法与他们有所不同。我认为，我们的政府由大企业的代言人组成，受这些企业影响并为这些企业的利益服务，所以政府一定会找出更多的途径来补贴大企业。也许从政治立场而言你不喜欢这样，但我不关心政治。我关心的是如何使你致富，这就是说，我们应该关注政府开支。这是另一个你可以领先于分析师和所有大机构投资者的领域。先于对冲基金和共同基金行动意味着赚大钱，因为当这些人嗅到他们喜欢的东西时，他们就会把股价推高到令人难以置信的程度。

我是通过操作乙醇股票学到这一点的。我于2005年8月22日在21.9美元的价位上推荐了美国最大的乙醇加工商阿彻丹尼尔斯米德兰公司的股票，当时乙醇还远未成为媒体和华尔街追捧的对象。我意识到由于油价高企，乙醇——一种得益于艾奥瓦州玉米种植商（他们在总统初选中总是首先投票）的强大政治影响力而长期享受政府补贴的燃料——将在经济上更加可行，并在政治上得到更大的支持。华尔街对此毫无知觉，大机构投资者直到2006年年初才意识到乙醇的重要性，而此时美国所有政界人物都已开始谈论利用乙醇作为燃料的重要意义。由于我关注了政治，我在政界人士还未公开表态之前就知道他们将支持乙醇。政客们都想成为总统，所以他们都去讨好艾奥瓦州和新罕布什尔州这两个较早进行初选的州的选民。阿彻丹尼尔斯米德兰的股价在2006年1月31日达到30美元，并在5月2日达到40美元，最高价达46美元多。如果你在我推荐这只股票时买入并在5月11日股价见顶之前卖掉，你获利一倍的机会就非常大。

另一个由于华尔街无视政治而给你带来发财机会的例子是英美资源集团的股票，我于2005年9月29日在30.05美元的价位上推荐了这只股票。英美资源集团是一家主要生产金、铂和钻石的矿业公司，华尔街的分析师认为这家公司是通过出售用于制作珠宝首饰的黄金来赚钱的。他们没有关注政治。中国、印度甚至伊朗的人们由于通货膨胀而购买24K黄金，但24K黄金由于太软，不能用于制作首饰。人们害怕通货膨胀时就会购买黄金，因为黄金能比印度卢比这样的纸币更好地保值。没有分析师看到这一点。我看到了，而且该公司股票在2006年1月27日上涨到39美元；在经过一股变两股的股票分割之后，股价于4月19日达到22美元（即不考虑股票分割，股价为44美元）。这几乎是50%的回报率，而这都是因为华尔街完全没有注意到黄金在对冲第三世界通货膨胀时所具有的价值。

我们通过关注投资的政治方面的因素而赚钱，而这方面的因素正是容易被华尔街忽视的，因为它对金钱太注意了，反而没有对能够创造更多金钱的力量给予足够的重视。

6.投资那些处于上涨趋势但没有多少分析师关注的小盘股，有特定的规律性。如果你了解这种规律，你就能够赚钱并避免损失。在我的上一本书《克拉默投资真经》中，我谈到了分析师很少关注但最后成为年度特色并大幅上涨的小盘股。随着越来越多的基金看到这些股票表现突出并决定买入，它们的价格一路上涨。这些股票开始吸引越来越多的分析师的关注，而由于这些股票持续上涨，这些分析师也不想与趋势对抗，所以他们告诉人们买入这些股票。有一种简便易行的方法可用于对这类股票进行投机，对于这类股票，你希望它们能一路不断上涨，并按我以前告诉你的原则卖掉一些股票套现，但是一旦有足够多的分析师告诉人们买入这只股票，一旦其市盈率达到增长率的2倍以上，同时股票价格已经足够高，你就应该卖掉该只股票的全部股份。

我有一个例子来说明这一切究竟是怎样实现的。当我于2005年3月15日开始主持《疯狂的金钱》节目时，没有一个分析师关注汉森天然饮料公司这家生产天然苏打的公司。但它实际上已经是2004年和2005年表现最佳的股票之一。节目开播当天，该股票价格为58.44美元，而我从此就一直看好这只股票。到2005年7月18日，有一位分析师给予该股票"买入"评级，股价也突破了100美元。这时你本应该卖掉一些股票套现，但我知道这只股票的上涨行情还远未结束。这些缺少关注的小盘股的股价变动都有规律，如果你遵从该规律，你就可以赚大钱并避免损失。经过一股变两股的股票分割，同时另一位分析师开始关注该股票并给予其"买入"评级后，汉森公司股票在2005年12月2日达到80美元，即如果不分割的话股价应该是160美元。如果股票在上涨过程中得到了两名分析师的支持，你就仍然在安全区域，这只股票还有上涨空间。到2006年5月8日，汉森公司股票超过了150美元——即不考虑股票分割价格是300美元——并得到第三位分析师的推荐。投资纪律告诉你应该卖掉一部分股票，但是由于有3名分析师推荐它，这只股票还可以上涨。在7月5日，汉森公司股票突破200美元，相当于分割之前的400美元，这时我就开始告诉人们该套现离场了。

在经过一股变四股的分割之后，该股在8月7日下跌到30美元以下，即相当于此次分割之前的120美元和最初分割之前的240美元。此时股价下跌程度已相当大，而我在此次下跌前已告诉你卖出股票套现。我能及时告诉你清仓，是因为我知道关于缺少分析师关注的小盘趋势股的两个简单事实。首先，如果一只股票得到了4名分析师的关注，它的知名度就太高了，得到的赞誉也太广泛了。每一个打算推荐它的人，以及所有打算购买这只股票的人都已经买入了这只股票。4个分析师就是上限了。3个分析师可能推动股价上涨，但这取决于第二个条件。一旦该股票的市盈率达到增长率的2倍以上——即该股票PEG大于2——你就应该清仓走人了。而这种情况只在至少3名分析师关注该股票时才会发生。所以如果你想加入这个游戏，下面就是游戏规则：只要关注该股票的分析师少于4名，且市盈率不到增长率的2倍，你就可以买入这只股票；如果关注该股票的分析师数量和该股票市盈率超过前述条件，股价就足够高了，并可能因此下跌。而这正是发生在汉森公司股票上的事情。只要你记住这些规则，你就可以通过投资处于上涨趋势并缺少分析师关注的小盘股来赚大钱。

这些都是我通过对节目中的一些最佳荐股进行仔细审视后提出的规则。还有另外4条从我的最佳卖出提示中总结出的规则。避免损失金钱比赚钱更重要。如果你做股票功课并保持小心谨慎，你自然就能赚钱。那么你怎样才能正确地卖出股票呢？

7.把内幕消息作为反向指标。 你得到关于股票的"内幕消息"的任何时候，都是你停止买入该股票，开始做一些股票功课，并很可能是卖掉该股票的好时机。我在《克拉默投资真经》中告诉你"tip"是给服务员的。如果内幕消息有用，它就一定是公司内部未公开的信息，因此是非法的。其他内幕消息是以大多数投资者已经熟知的、可以公开获得的信息为基础的。如果它是过时的消息，它就不能给你赚钱。现在我意识到这些内幕消息实际上是可以发挥作用的。内幕消息为卖出股票提供了良好的理由。内幕消息表明许多投资者是因为错误的原因而持有股票。当人们持有股票却不了解股票时，哪怕最轻微的负面消息也能使他们动摇。因为他们没有做股票功课，实际上并不清楚自己在做什么，所以他们是不合格的股东。一只产生大量内幕消息的股票充斥着盲目买入股票并且会闻风而逃的投资者。我并不是说你在得知股票的内幕消息时就应对这只股票清仓，但你绝对应该从头开始，重新做一遍所有基本的股票功课，并确信该股票不会迅速下跌。

我在2006年7月关注Amylin公司时，我在节目中意识到股票的内幕消息可以成为卖出股票的绝好理由。我在很低的价格买入Amylin股票，并一直持有至股价见顶。但在7月20日，我收到了一封观众发来的电子邮件，其中涉及关于Amylin的内幕消息。发来这封电子邮件的观众既是医生也是糖尿病患者，他说他知道关于Amylin公司生产的Byetta这种药的一条严格保密的信息：这种药会造成患者体重下降。他说这个秘密慢慢地为许多医生所知，而这最后会使股价涨得更高。当我读到这里时，我已经准备好按"卖出"按钮了。Byetta导致体重下降已是众所周知的事实，甚至在该药上市之前就已为人所知了，因此根本没有秘密可言。我从该邮件中了解到了什么呢？我了解到肯定有许多投资者是因为错误的原因买入

Amylin股票的，而这些投资者会在股价第一次大跌时抛售这只股票，因为他们这些家伙承受不了这样的损失。在节目中告诉人们卖掉这只股票之前，我先做了一点分析工作。Amylin在Byetta上的产能不足，它不能生产足够的药物来满足需求。这个问题不是Amylin本身的过错造成的，但仍然是个问题。对我而言，这意味着Amylin下次公布的业绩将令人失望，股价也会因此下跌。我在《疯狂的金钱》节目中向大家指出了这一点，并指出这只股票已被过度炒作，价格也比较贵，随时可能下跌。在我说这一切的7月20日，Amylin股价为49.91美元。三周后的8月11日，这只股票便下跌到41.23美元，跌幅达17%。"tip"不仅是给服务员的，它们也是告诉优秀的投资者卖出股票的良好反向指标。

8.**如果同时存在炒作和大量空头头寸，则表明该股应该卖出。**只要你的股票被过度炒作，并被大量卖空，你就应该卖掉它。炒作是以下几种因素的混合体：分析师推荐、名人代言、公司获得的与赢利不一定有关的荣誉等。回顾20世纪90年代末和2000年，互联网股票便被过多炒作——人们根据网页点击量或新增独立访客人数，而不是利润或收入来购买这些股票。最后所有这些股票都遭受了价格崩盘的命运。炒作就是通过这种方式成为良好的反向指标的。你可以通过这种方式来找出空头头寸：访问雅虎财经，输入股票代码，然后点击左边的"关键统计数据"链接，并查看"股份统计"下的空头头寸占流通股份（上市并公开交易的股份）的比例。这个数字可以告诉你空头头寸在流通股中占有多大的比例。如果这个比例很高——我认为超过10%就很高了，超过20%就是天文数字了——你就应该为轧空或股价大幅下跌作好准备。如果空头比例很高但卖空者判断错误，你就会遇到轧空。但如果卖空者判断正确，你就会看到股价下跌。我认为这些卖空者判断正确和判断错误的次数差不多。但如果分析师都喜欢卖空者厌恶的股票，那么空方正确和股价下跌的可能性就更大。许多人看见很高程度的空头比例时都希望出现轧空，但正如你从这条规则了解到的，这种希望常常是不切实际的。如果所有分析师都看好一只股票，但它却仍然被大量卖空，你就应该知道出了问题，只是还没有人来指出这个问题。而在我的书中，这就意味着应该卖出这只股票。

我于2006年7月21日提出了这条规则。当时我邀请迈阿密海豚队的前四分卫、营养系统公司的新任代言人丹·马里诺参加节目。该公司生产低脂低热量食物以帮助人们减肥，并通过邮购方式销售产品。我邀请丹·马里诺时，该公司股价为64.95美元。在与马里诺谈论了公司情况以及公司如何将客户群扩展到男性市场之后，我告诉人们不要买入这只股票。这只股票已经被过度炒作了。所有分析师都喜欢这只股票，丹·马里诺在广告中告诉人们公司产品效果多么好，公司正在拓展新的面向男士的业务，而且股价已经相当高了。但华尔街上没人谈论该公司不通过实体零售店向消费者直接销售产品的配送模式意味着公司的成长性很快就会消失殆尽，没人讨论公司流通股的26.6%——即超过流通股的1/4——已被卖空这一事实。许多投资者厌恶这只股票，他们认为股价会下跌，但公开谈论这些股票的人，包括公司高管、代言人，甚至那些应该作好尽职调查的分析师，没有一个提到该股票可能被高估。当时我说该股票价格过高，并告诉人们应该卖掉它。我对这只股票给出卖出建议时，它的价格还是64.95美元，4天后股价下跌到54.42美元，18天后下跌到45美元。我帮助你避免在几周时间里遭受31%的损失，是因为我创立了这条规则：如果你看到大量缺乏数字依据的炒作时，看到分析师喜爱一只股票，也看到它被大量卖空（意味着许多受过良好教育的投资者厌恶它）时，你就应该卖掉它了。

9.除了了解商业周期外，还要了解如何识别商业周期的下降阶段。我已经告诉你如何识别有利的周期阶段，例如航空工业周期的上升阶段，也告诉了你怎样审视商业周期以便找出受益的行业。但我还没有告诉你如何识别不利的周期阶段，避免受到与此相关的事物的影响。当你发现一只股票受到即将进入下降阶段的周期影响时，你应该卖掉这只股票，这是不言而喻的。但是你怎样才能知道像高科技产品周期或电信设备周期这样的商业周期开始进入衰退期呢？对你有利的一点就是你有充足的时间。华尔街可能要花上3个月的时间才能完全明白商业周期已经由好转坏，而只要你在做股票功课并一直跟踪查看正确的指标，你就可以免受衰退的影响。哪些是正确指标呢？只要关注一下企业的财路是否畅通就好了。如果新飞机订单开始减少，猜猜发生什么了——航空工业周期开始走下坡路了。如果你持有波音公司股票，在你得知新订单减少的消息时股价已经下跌一点了。不过不用担心，你还有时间退出。如果航空工业周期确实进入下降阶段，波音公司股价还会大幅下跌。

《疯狂的金钱》节目中关于这一点的最佳案例是我对朗讯的操作。我曾经喜欢这只股票，但从2005年年末到2006年我一直厌恶它。朗讯公司生产电信设备，所以也受到电信设备周期的影响。从该股票2006年4月最高时超过3美元到经过7月、8月下跌到略高于2美元，我一直在告诉你卖掉它。我有许多理由厌恶朗讯，但你可能已经了解到的、对该股票造成毁灭性打击的事件是，电信设备周期已进入下降阶段。你怎样才能先于华尔街知道周期已进入下降阶段呢？你必须关注可能减缓或终止电信设备支出的情况。你必须关注电话公司，因为这些公司花钱购买电信设备。2006年有两件事几乎使电信设备支出陷于停顿，而且你至少应该先于华尔街预料到第一件事。

当时电信行业正发生着大量并购：美国电话电报公司与西南贝尔公司合并，同时进行整合；Verizon公司收购美国世界通信公司，并进行整合；合并后的美国电话电报公司和西南贝尔公司正在收购贝尔南方公司。一般情况下，由于所有这些公司都必须与有线电视公司，甚至与通过网络提供电话服务的互联网公司竞争，它们都应该花大钱采购电信设备。这就是为什么人们在朗讯这样的电信设备供应商股票长期下跌时还坚持持有的原因。但这些并购活动改变了一切。当一家公司收购了另一家业务和规模都相似的公司，它通常要花几个季度甚至一年时间来完成对被收购公司的整合。在这段时间内，由于新公司要理清新业务的运行模式，它在新设备上的支出会减少。此外，当一家公司收购另一家大公司时，它就没有足够的资金来购买新设备。这些电信业的所有并购活动使采购新电信设备的支出急剧减少，这就使得朗讯公司及类似公司遭受重大损失。

此时发生的另一件事使情况更加恶化。2006年7月13日，一位联邦法官决定行使自己的职责，阻止正在进行合并的电信公司和政府之间达成的反托拉斯协议。他决定确保此次合并不存在任何垄断和反竞争的行为，这就阻碍了这些电话公司之间的整合。这还意味着他们在法官作出裁决之前不能进行任何重大的决策。他们将推迟在新设备上的大量支出，因为他们不知道业务在未来会变成什么样。这位法官作出如此决定有些空穴来风——他原以为这些公司可能付钱买通了整个美国政府，但结果证明他是错的。你能预料到事情会这样进展吗？是的，如果你不像我这么玩世不恭，你很可能会料想到法官会认为这些并购有问题，因为它们构成了垄断。言归正传，这个案例更广泛的意义在于，需要采购电信设备或任何其他类型设备的公司之间的并购，将减缓对相关设备的支出，并导致设备供应商的股票价格下跌。这是你识别非商业周期的行业周期下降阶段以及在取得不错收益后卖掉有关股票的简便方法。

10. 小心市盈率降低。 当经济减速且美联储提高利率时，你应该注意股票市盈率可能降低。市盈率降低是怎么回事呢？就是市盈率高的高成长型股票即使达到了赢利和增长率预期，但由于经济减速，导致市盈率降低（尽管市盈率总是取决于增长率，但市盈率为30就很高了，超过40就是天文数字了）。当股票市盈率降低时，股价就变得更便宜。我可以在高市盈率股票的市盈率降低并使你遭受损失之前，提示你及时卖掉股票，但你必须遵守我的规则。在经济增长减缓的过程中，市盈率的降低产生出于多方面的原因。首先，如果美联储提高利率，这意味着人们担心出现通货膨胀。股票通常是按未来收益估值的，对高市盈率股票尤其如此。如果你遇到严重的通货膨胀，这些未来收益的价值就会因为美元在今后一两年中贬值（即发生通货膨胀）而降低。这就是市盈率降低的一部分原因，但主要原因与投资者行为更加相关，同样，这里的投资者，主要指的是对冲基金和共同基金等大型机构。在经济减速阶段，大机构不喜欢持有高市盈率股票。

如果他们持有市盈率为40的股票，他们就会觉得在冒险，因为经济减速，而他们预计大部分行业表现不会太好。大基金不太相信这些高市盈率股票在经济增长放缓时还能够表现良好。这使他们成为容易受惊的投资者。这意味着他们将会以最微不足道的借口卖掉这些股票。在利率上升、经济增长放缓的时期（这种情况很糟糕但很常见，因为在经济减速的初期，通货膨胀还比较严重），大多数高市盈率股票即使业绩达到预期，它们在公布赢利情况后股价仍然会大跌。由于在恶劣的经济环境中高市盈率使这些股票定价较高，所以这些公司的业绩必须超过预期，否则股价就会下跌。

市盈率降低存在这样一个规律：大多数高市盈率的公司在实际公布业绩之前，股票不会受到太大影响。这就意味着只要你意识到经济增长放缓——注意到经济增长放缓并不困难——你就可以在遭受损失前及时抽身。2006年7月和8月发生在全食食品公司和星巴克公司上的事就是如此。全食食品公司和星巴克分别于7月31日和8月2日公布赢利情况，而我在此之前几个月来的"闪电问答"环节中，就一直告诉人们卖掉这两只股票。我告诉人们当经济放缓时，这两只高市盈率股票价格已经很高，而且尽管它们的季度业绩可能不错，股价表现也不可能完美。星巴克和全食食品公司的投资者看到其他高市盈率股票股价下跌，同时认为经济放缓会损害到这两家公司，所以他们感到害怕。他们在寻找任何卖出的理由，我认为，当这两家公司公布业绩时，他们就有了这样的理由。这两家公司的市盈率降低已经是箭在弦上，但这只有在它们公布赢利情况后才会发生。如果你持有这两只股票，你至少有一个月的时间来发现即将发生的市盈率降低，并在此前卖掉股票；而当市盈率真正降低时，通常股价的下跌是很迅速的。全食食品公司在2006年7月31日公布了赢利情况，但即使赢利情况良好，同店销售额增长率也仅为9.9%，而华尔街的预测值为10%。由于这一小小不言的低于预期，全食食品公司的股价一夜之间从57.31美元跌到51.54美元——跌幅达10%。星巴克在8月2日公布了业绩，公司同店销售额增长率为4%。此前公司预测的数字为3%~7%，而华尔街期待的是区间的上限。同样，星巴克的股价也在一夜之间从33.3美元跌到29.09美元，跌幅超过12%。

市盈率降低会给投资者造成损失，它就像难以诊断的癌症。但在它变得严重之前，作为其最重要的征兆，利率会急剧上升，所以市盈率降低可以被提前识别。不过，你现在已经知道了市盈率降低是怎样产生的，同时，你也知道了在经济减速期间，应该在高市盈率股票还没有公布收益的时候，在其他人采取行动之前卖掉它们。

这些就是我分析最成功的股票建议后得到的所有规则。如果你仔细阅读并遵循这些规则，你自己就应该能够选到好的股票，并在看到相应的指标时卖掉股票。这些并不是主观臆想的规则，而是通过我一年多的辛勤工作和分析得到的。你应该利用我的经验，抢在那些不知道这些规则的投资者之前行动。

附录
对周期性投资内容的更新

  在我的上一本书《克拉默投资真经》中，我加入了一幅我在自己的对冲基金中使用的插图。这幅图告诉我们根据所处商业周期的不同阶段来选择买入和卖出股票。在该书出版后的一年半时间里，由于我学到了新知识并适应了新的环境，所以我对这幅图进行了少量修改。更新后的图见下页。

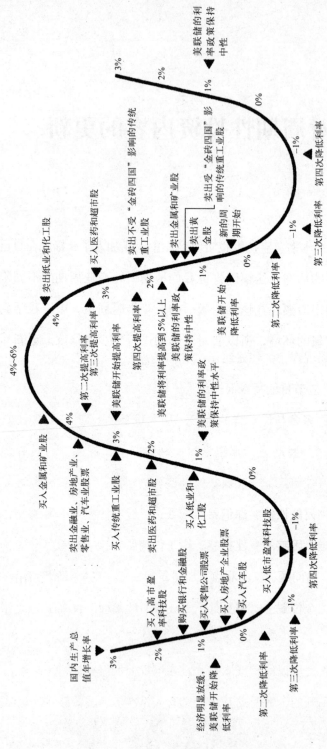

最新周期性投资和交易示意图

* 不受商业周期影响的股票：石油与石油服务类、国防类、俄罗斯、印度和中国销售商品来赢利的公司的股票
* 受到"金砖四国"影响的股票是指通过向巴西、

　　各位读者和观众，你们是给予本书和《疯狂的金钱》节目最大支持的人，而本书也是应节目的需求而产生的。我在职业生涯中所做的每一件事，都是为你和许许多多与你一样的人们。从本质上讲，《疯狂的金钱》节目是一种双向沟通。我从你们那里学到的和你们从我这里得到的东西一样多。我不愿意将任何人称做《疯狂的金钱》的粉丝，我不认为我有什么粉丝，我所拥有的只是伙伴。你们希望赚钱，而我设法使你们赚钱的过程变得不再那么艰难、困惑和有挫折感。对于任何给我打电话或写电子邮件的人，不论你是提出问题、亮出观点，还是骂我白痴，我都要向你表示感谢。是你们让我在这个位置上做得更好，并让所有收看我节目并听从节目建议的人获得帮助。

　　我知道，我之所以能写成本书并且在电视上侃侃而谈，是与我们强大的支持网络离不开的，我对这其中的所有人都充满无限的感激。这里，请允许我再次感谢汤姆·克拉克，TheStreet.com 杰出的首席执行官，是他让这一切成为可能；我还要感谢戴夫·佩尔蒂埃、乔纳森·爱德华兹、迈克尔·科莫、弗兰克·科佐欧、格雷琴·莱姆巴赫和戴夫·莫罗，他们是我在 TheStreet.com 的智囊团。

无论这本书还是我的节目，都是一个团队努力的结果，它们的成功都离不开以下人士的巨大支持，他们是：里克·弗林、杰基·安杰利斯、丹·霍夫曼、摩根·科恩、本·里庇、乔治·曼尼西斯、乔安娜·乔、克里斯·施瓦茨、迈克·沃勒、玛丽亚·森特里拉、布莱恩·拉索、凯斯·格林伍德、杰夫·格纳里、亨利·弗拉加、丹·哈特、卡尔·安东尼、卡里姆·拜恩斯、凯文·希拉德和斯坎·瑞利。最后也是同样要感谢的是雷吉娜·吉尔甘，她制作了生动的节目，令它极其富有魅力，这点实在令人赞赏。

本书的出版离不开苏珊娜·格拉克，一位非常优秀的书稿代理人；此外还有亨利·莱西，一个有着丰富的思想、极富效率的代理人，在本书的写作过程中，莱西始终是灵感和激励的来源。

同样，我要向鲍勃·班德致以无尽的谢意。他是世界上最好的财经编辑。我还要感谢戴维·罗森塔尔，是他帮助我走上了写作之路。